혼다 히사시 本多壽

일본의 시인, 평론가.

1947년 7월 25일 일본 규슈九州 미야자키宮崎 현에서 출생했다.

시집으로『피뢰침』(1978),『성스러운 꿈 이야기聖夢譚』(1984),『과수원』(1991) 외 다수, 역시집『Tales of Holy Dreams』(영어: Michael Huissen·오누마 타다요시尾沼忠義 역, 1978),『Pyhä Uni』(핀란드어: Kai Nieminen 역, 2002, NIHIL INTERIT 출판사),『7개의 밤의 메모』(한국어: 한성례 역, 2003, 문학수첩사)가 있다.

평론집으로『시의 숲을 걷다―일본의 시와 시인들』(2011),『시 속의 전쟁과 풍토―미야자키의 빛과 그림자』(2015) 등 다수가 있다.

제1회 이토 시즈오伊東靜雄 상(1991)을 수상했고, 시집『과수원』으로 제42회 H 씨氏상,『기록·도로쿠土呂久』로 제47회 마이니치每日 출판 문화상 특별상을 수상했다.

2013년 한국의 제주도 '사색의 정원'에 시비가 건립되었고, 1995년부터 한국 시인들과 활발히 교류하고 있다.

혼다 히사시 本多壽 시집

피에타
Pietà

옮긴이 권택명

시인, 한일 번역문학가. 1950년 경북 경주시 안강읍 출생. 1974년 《심상 心象》 신인상으로 데뷔. 시집으로 『예루살렘의 노을』 등 5권, 한일, 일한 문학 번역서로, 『한국 현대시 3인집─구상·김남조·김광림』 등 9권이 있다. 한국 시인협회 사무국장을 거쳐 현재 교류위원장. 혼다 히사시 시인과는 1999년 8월 몽골 울란바토르에서 개최된 아시아 시인대회에서 만난 이래 국적을 초월하여 의형제처럼 지내고 있다.

혼다 히사시本多壽 시집

피에타
Pietà

초판 1쇄 2015년 9월 15일

지은이 · 혼다 히사시
옮긴이 · 권택명
펴낸이 · 김종해

펴낸곳 · 문학세계사
출판등록 · 제21-108호.(1979.5.16)
주소 · 서울시 마포구 신수로 59-1(121-856)
대표전화 · 02-702-1800, 팩시밀리 · 02-702-0084
이메일 mail@msp21.co.kr
홈페이지 www.msp21.co.kr
트위터 @munse_books
페이스북 https://www.facebook.com/munsebooks

값 13,000원
ISBN 978-89-7075- 638-7 03830

ⓒ 문학세계사

혼다 히사시本多壽 시집

피에타
Pietà

권택명 옮김

문학세계사

□ 차례

제1부 하느님의 우울

제2부 레퀴엠

제3부 어머니의 땅

제4부 하늘은 아무것도……

제5부 신新 시편詩篇

제1부

하느님의 우울

하느님의 우울

하느님도
마음이 혼란스러워질 때가 있었지요
바로 그 증거로
산속에서 바다를 향해 똑바르게
한 줄기 강을 그리려고 그은 붓의 흔적이
저처럼 굽어 있다
때때로 망설인 흔적이 웅덩이를 만들고 있다
먹이 튄 흔적이 연못이 되어 있다
먹물이 적어 땅속으로 사라진 지류支流도 있다

하늘 위에서 대지를 내려다보렴
한 줄기 강을 그리려다 결국
마음에 드는 강을 그리지 못한 하느님이
"아아, 어쩌나!" 하고 조바심을 내며
엉망으로 그은 선이 마치
자신의 몸을 세게 긁어 생긴 상처 같다

　　　*

하느님도

실패한 적이 있었지요
바로 그 증거로
숲속이나 바닷속에, 그래서
참으로 기괴한 생물들이
저처럼 가득 흩어져 있다
새가 되지 않은 물고기와 말이 되지 않은 해마
비틀어 버려진 채로 있는 권패^{卷貝}와 물에 불어 떠도
는 해파리
그리고 움직이지 못하는 식충식물

하지만 하늘 위에서 아래 세계를 내려다보렴
정말로 만들고 싶었던 것을 만들 수 없었던 하느님이
"에이, 이런!" 하고 자포자기하여
이렇게 맨 끝에 만든 생물이
아직도 전쟁만 하고 있다

무명無明

모래 범벅이 되어
하늘을 보고 누운 채 숨진 소년병 위에
희미하게 초연硝煙이 흐른다

지뢰가 묻힌 대지를 뒤로
보이지 않는 대낮의 은하를 마주하는 죽음을
하늘이 조문한다, 바람이 조문한다

오늘, 시체 위를
또다시 전차가 지나가고
그 뒤에 여전히 시체가 남는다

그리고 소년병의 동생이
형이 남긴 총을 들고
전장으로 나간다
살육의 무한 연쇄
인간이라는 흉기
신의 이름을 빌린 정의

그래도
인간이 신을 필요로 하듯이
신도 또한 인간을 필요로 하고 있을까*

수많은 죽은 자들의 눈빛
수많은 별의 반짝임
조문은 그들에 의해 이루어지고 있다

*마르틴 부버,『고독과 사랑—나와 너』에서

신기루

아침, 새벽이 지평선을 넘어
약간의 모래 기복에 그늘을 만들며
조용히, 조용히 다가와서
아직 깨어나지 않는 소년의 잠을 깨우려고
유리창 밖에서, 일순 망설이고 있다

그때였다

눈꺼풀을 어루만지는 빛보다 빨리
폭풍이 소년을 흔들어 깨웠다
진행중인 꿈이 소년의 눈 속에 내팽개쳐졌다
온몸에 빛이 아닌
유리 파편이 박혀 있었다

어찌 된 일일까

그저 여느 때와 달리
코를 찌르는 염소 젖과
눌은 빵 냄새가 없다

아침마다 들려오던 엄마의 인사가 없다
아빠의 말 없는 포옹이 없다

어찌 된 일일까

온 방 안에 피가 튀어 있다
벽에 걸린 할아버지 사진이 불타고 있다
처마 밑의 양치기 개가 축 늘어져 있다
창밖을 검은 사람 그림자가 둘러싸고 있다
그 주위를 다시 전차가 포위하고 있다

어찌 된 일일까

소년은 목제 침대 밑으로 숨어들었다
아침인데도 날이 어둑해졌다
그리고 눈꺼풀 안쪽에서
주먹밥이 된 꿈이 어슬렁거리며 나왔을 때
교대하듯이 의식을 잃어버렸다

*

천 년 후 새벽은
여느 때처럼 지평선을 건너
약간의 모래 기복에 계속 그늘을 만들면서
조용히 조용히 다가오리라
하지만 이미
햇볕에 말린 기와집은 모래에 묻히고
가족들은 모래 밑에서 백골이 되어 있으리라

*

해는 아무 일도 없었다는 듯 지나간다
때때로 해 끝에 신기루가 나타난다
여행객은 그 신기루를 좇아 사막으로 사라져 간다
그것이 일찍이 소년의 죽음과 교대하여
어슬렁거리며 나왔던 꿈이라는 것도 모른 채

증언

진군하는 길바닥에 갓난아기가 방치되어 있었다
병사가 전차에서 내려 안아 든 순간
갓난아기는 폭발하여
병사와 함께 비산飛散했다
두 사람의 살 조각이 전차에 찰싹 들러붙었다

그 자초지종을 목격한 소련의
아프가니스탄 귀환병은
이렇게 증언했다고 한다

(갓난아기 폭탄)

한 갓난아기를 희생시켜
한 병사를 죽인다
폭탄은 젖병에 장치되어 있었던 걸까
아니면 기저귀 속이었을까

갓 태어난 젖먹이의 미래를
한 개의 폭탄으로 바꾸고, 또한

한 병사를 죽여야 할 이유라니

나는 모른다고 해서는 안 된다
나는 알고 싶지 않다고 눈을 돌려서는 안 된다
이렇게, 나는 나에게 말한다

한 병사의 배후에 감춰져 있는 것
한 갓난아기의 배후에 감춰져 있는 것
감춰져 있는 것은 없는 게 아니다
이렇게, 나는 나에게 확인시킨다

허블 망원경으로 우주의 끝을 들여다보기 전에
지상의 세세한 부분을 확대해 보아야 한다
공중분해된 두 사람의 살 조각이 보일 때까지
갓난아기의 울음소리가
내 귀에 들려올 때까지
계속 주시하고 있으면
언젠가는 반드시……

* 참고 문헌: 『아프간 귀환병의 증언—봉인된 진실』(미우라 미도리 옮김, 일본경제신문사 발행)에서.

기념비

이것은 대체 무슨 기념비인가
잘리고 버려진 채
사막에 굴러다니고 있는 한 개의 오른쪽 다리
그 발부리가 하늘을 차올리고 있다
딱딱하게 굳어진 하늘에
태양이 빛나고 있다
대지의 모래는 아직 젖어 있다
하지만 단말마의 비명만은
일찍이 지상에서 사라지고
인간의 무리에서 벗어난 영혼이
양인지 구름인지 알 수 없는 모양으로
지평선 부근에서 황혼을 맞고 있다
이미 아무에게서도 부름을 받는 일도 없고
이 세상의 허공에 남겨져 있는
이것 역시 기념비다
물론 이름은 새겨져 있지 않다
하지만 추궁을 불러일으키는 기념비다
밝은 햇살 아래
오늘도

인간만이 추궁을 당하고 있다

무궁화 환상

길이란 길에는 모두 한 줄로 늘어서서
창공을 향해
높이높이
순백의 꽃을 바쳐 올리고 있는 무궁화

저것은 일찍이 모국어를 빼앗기고
이름을 빼앗기고, 끝내는
이름까지 빼앗긴 사람들의 유한遺恨과
하늘에 닿지 못한 기도의 모습

나라를 뒤흔든 무수한 외침들
아이고 아이고 하는 통곡은 지금도
가지들을 울리는 바람이 되어 불고 있다
귀를 기울이면 비분悲憤의 목소리도 들려온다

가지를 꺾으면 안 된다
꽃을 따면 안 된다
하물며 줄기에 도끼를 내리찍으면 바로
죽은 자의 뼈가 반란을 일으키리라

눈을 집중하여 잘 보면
나무 밑둥치에서 뻗어 가는
피부 같은 땅바닥에 피의 강이 흐르고
시체가 떠 있는 것이 보인다

나는 무궁화가 피는 길을
고개를 숙이고 걷는다
말없이 걷는다
따끔따끔 통증이 이는 발을 어루만지며 걷는다
가슴의 동통疼痛을 쓰다듬으며 걷는다

가야금 환상

푸른 오동나무꽃이 탐스럽게 피어 있는
나무 밑둥치에
잊혀진 가야금 한 개가 있고
열두 마리의 새가 놀고 있다
천 년이나 전에 멸절滅絶한 새의 환상이다

작은 부리가 마치 모습을 지니지 않는
연주자의 손가락 끝처럼 현을 퉁기며
망국의 곡을 연주하고 있다
그 애절한 가락 속에
옛날과 다름없는 산하가 있고
하늘에 초승달이 걸려 있다
달빛 아래 훌쩍이며 울고 있는
신라에 멸망당한 가야의 여인이다
이미 천 년 동안이나 계속 울고 있는데도
다 울지 못하는 슬픔의 바다
사랑으로 변환할 수 없는 한恨의 노래

내가 할 수 있는 건 여인의 슬픔에 다가가서

함께 울어 주는 것뿐이다
환상의 새가 연주하는 쓸쓸한 곡을 듣는 것뿐이다
그밖에 대체 무엇을 할 수 있다는 것인가
하지만 끝나지 않은 가락
언제까지 함께 울면 곡이 끝날 것인가

여인이여 언젠가
가야금으로 변신해 버린 여인이여
나는 그대를 안고
애도哀悼의 여행에 나서리라
그리고 낙동강 가를 찾아가리라
고향에 도착하면
푸른 오동나무 밑둥치에
그대를 묻어 주리라

비 오는 양수리兩水里

세차게 비가 내리는 가운데
상류를 향해 거슬러 올라가
북한강과 남한강이 합류하는 양수리 기슭에 섰다

양 기슭은 안개가 끼어서
어디서부터가 하늘인지
어디까지가 산인지 알 수 없었다

그럼에도 두 갈래 탁류에는
명확히 경계가 있어서
하나로 융합되지 않은 채 서로 다투고 있었다

빗소리에 뒤섞이고 물소리에 헷갈리고 있어도
내 귀는 분명
찢겨진 한민족의 통곡을 듣고 있었다

수면을 바라보고 있자
눈앞 물 위에 백발의 한 사람이 나타나
두 물줄기에 손을 넣어 휘젓고 있다

자세히 보았더니 그날
명동에서 점심을 함께한 김광림 시인이다
울고 있는 것처럼 보인다

늙어서도 여태 북으로 돌아갈 수 없는 시인의 눈물을
봐서
한강 물이여 북과 남의 흐름을 가르지 않고
그나마 하나가 될 수는 없겠는가

고여 올라 넘쳐나는 눈물은
양 콧날 옆으로 흘러 금방
하나가 되어 가슴으로 흘러들고 있는데

백지도白地圖

내가 살아온 땅
내가 지나간 땅
그 땅과 땅의 이름을
하나씩 지워 간다
최후로 남는 것은 한 장의 백지도이다
일그러진 윤곽을 하고 있다
하지만, 어떤 경계선도 없다
태초의 바다에서 갓 태어난 육지 같다
격심하게 파도치는 창공을 이고 있다

나는 그곳에
내 뼈를 안고 서 있다
친한 사자死者들도 각각
자신의 뼈를 안고 서 있다
그곳에서 끝나고
그곳에서 시작하는 무명無明의 세계가
끝없이 미래로 이어지고 있다
이미 바람도 일지 않고
빛도 먼지도 움직이지 않는다

이미 이름 지을 수도 없고
명사名辭가 의미를 주지 못하는 곳
멸망한 자들의 사념만이
구름처럼 운집하고 있는 곳
(마치 허공 장례처럼)
그 장소를 또다시 이름 지으려고
허공 저편에서 신음하고 있는 자가 있다
사자死者들을 사도使徒로 바꾸려는 자가 있다
창백한 얼굴을 하고 있다

물소리

배낭에
물이 든 페트병 한 개를 넣고
사막을 걸은 적이 있다

등에서 출렁이는 물소리가
촐랑촐랑
걸음걸이에 맞춰 소리를 내는 것이었다
목이 말라 페트병을 꺼내
뒤로 젖히듯이
하늘을 우러르며 물을 마셨다

그때 페트병에서
몸으로 흘러들어 가는 물이
나 자신 역시 물그릇이라는 걸 가르쳐 주었다

물을 마시고 다시 걷기 시작하자
몸속에서도
촐랑촐랑 하고 소리가 나기 시작했다

눈에는 보이지 않지만 사람은
각각 태어나자마자 바로
병 한 개씩이 주어진다

넉넉한 자에게도 가난한 자에게도
평등하게 주어진 것은
평생의 목마름에 맞춘 양

자신의 갈증을 위장해서는 안 된다
가난한 자의 병을 훔쳐서는 안 된다
함부로 더럽혀서는 안 된다

촐랑 촐랑 촐랑
흔들리는 물소리가 언어가 되어
하늘 안쪽에서 들려오는 것이었다

눈물바다

그건 내가 모르는 눈물이다
야위어서 뼈와 가죽만 남은 몸에는
너무나도 지탱하기 어려울 정도의 머리가 있고
크고 검은 눈이 두 개
흘러내릴 듯 흘러내리지 않는 눈물이 고여 있다

그건 갑작스레 해저海底가 솟아오른 탓에
산 위의 호수가 된 소금 바다다
갈매기가 날지 않는 하늘을 비추고 있다
또는 인간이 언어를 획득하기까지
단 한 번도 본 적이 없는 것을 본 눈이다
이미 인간은 비치지 않고 있다

지금 소년이 마주하고 있는 것이 있다면
그것이야말로 신이다
소년에게 추궁을 당하고 있는 신이다
인간도 추궁을 당하고 있다
나도 물론 추궁을 당하고 있다

눈물이 흘러내리지 않는 것은
소년의 눈이 태고의 바다인 증거다
갓 태어난 달의 인력이 작용하고 있는 거다
더러워진 인간 세상의
더러워진 대지에 쏟아 버리고 싶지 않은 거다

하지만 소년의 눈에 고인 눈물에
표면장력을 일으키는 눈물이 있을까
있다면 오른쪽 눈과 왼쪽 눈
둘 다 소년의 눈에 고인 눈물뿐이다
두 눈의 눈물은 하나가 되고 싶은 거다

아니, 하나가 되더라도
눈물은 결국 소년의 안쪽으로 흘러내릴 수밖에 없다
하다못해 마지막 한 모금 임종의 물이라도 되어
갈증이 나는 목을 흘러내린다 해도
그것이 쓰라린 추궁에 대한 대답이 되는가

오늘 내 안에서

흘러내릴 듯 흘러내리지 않는 추궁이 수량水量을 늘
리고 있다

소년의 커다란 검은 눈이 더욱 커진다

커져서 나를 삼킨다

나는 소년의 눈물바다에 빠진다

제2부
레퀴엠

태양의 뜰·4월

빛을 차단하기 위해 친 레이스 달린 커튼의
흰 그물코에서 빛이 새 나오고 있다
커튼의 그림자가 그 사람의 전신에 비치어 있다
모르는 새에 죽음이
그를 잡으려고 그물을 친 것이다

"임종의 때는 언제나 바로 지금이기를!"
그렇게 외쳐 온 사람이 죽음의 그물에 걸려
조용히 미소 짓고 있다
번민도 하지 않고 발버둥도 치지 않고
그러나 체념도 하지 않고 타고르의 「기탄잘리」를 말
한다

그의 옆에 앉아 맞장구를 치면서
나도 그의 전신을 감싸는 빛의 그물에 걸려 있다
계속 시를 말하지만 실은 죽음을 말하고 있는 것이
분명하다
결국 미완으로 끝날 생에 대해 말하지 않고
근일 출판될 시집 얘기 등을 하고 있다

그는 정원에 넘치고 있는 빛을 등지고 있다

그로 인해 스스로 그림자를 짙게 하는 사람과 대좌하고 있는 내게

대체 무엇이 가능하다고 말하는 걸까

그가 생각하고 있는 죽음을

함께 생각하는 것 외에 무엇이

그는 목마름을 호소하지 않고 아무 일도 없다는 듯 머리맡의 물을 마신다

그는 고통을 호소하지 않고 아무 일도 없다는 듯 왼손으로 몸을 지탱하고 있다

알고 있는 것이다, 내가 거짓말로 상황을 엿보러 왔다는 것을

알고 있는 것이다, 내가 있지도 않은 용건을 핑계로 온 것을

그가 음미하고 있는 죽음의 예감을 나도 음미한다

빛을 차단하기 위해 친 커튼 너머로 보면
하늘도 또한 그를 붙잡은 죽음의 그물에 걸려 있다
해가, 해 아래 모든 것이 죽음의 그물에 걸려 있다
외치고 싶은 생각도 함께
'임종의 때인 지금'도 함께

뜰

해체되어 지금은 존재하지 않는 집의, 뜰에 깔아 놓은 잘게 부순 돌의 뾰족뾰족한 예각銳角의 빛을 쪼는 참새 떼들. 낡은 노 같은 선인장. 나날이
퇴적되는 부엽토腐葉土.

돌연 난잡한 뜰이 일그러져서
따끔거리는 듯한 방울 소리가 흐르고
구름 그림자를 닮은 회색 고양이가 나타났다고 생각하자
뿌옇게 흐려진 창문 안으로 사라져 간다
교대하여 당신이 나타난다

당신은, 한바탕 실재實在의 무근거성無根據性과 뜰의 마성魔性에 대해 얘기한 후 민들레를 밟아 뭉개면서, 고양이보다 빨리 달려 사라져 버렸다.

흰 궤적이 늘어난 철사처럼 빛나고 있다.

연鳶

들판에
반듯이 누워 절명絶命한 사람이 있다
화산재로 흐려진 하늘을
거꾸로 연이 날아간다

누사幣* 같은 꼬리가
바람에 흔들리고 있다
손을 떠난 생명 줄이
하늘에 드리워진 실 같다

그의 영혼이
한 마리의 거미처럼 매달려 있다
그리고, 작은 시신屍身은
광대나물 군락에 나뒹굴어져 있다

이미 개미가 장례식에 도착하고
꿀벌의 독경이 시작되자
종달새가 흐느껴 울고
들개가 통곡하고 있다

황혼의 종소리를 신호로
들판의 조문이 끝나자
이윽고 그의 죽음이 발견된다
밤의 관棺에 입관된다

역시 반듯이 누운 채로

*신도神道에서 신에게 빌 때 바치는 삼종이, 명주 등을 가늘게 오려 만든
 것으로, 신전의 나뭇가지나 울타리에 묶어 드리움.(역자 주)

사후死後

육체는
죽음보다도 조금
큰 것 같다

당신의 발이
이불에서
조금 비어져 나와 있다

당신은 당신 자신의 죽음으로
죽음의 실재를 부정해 보였는가
핏기를 잃은 입술이 푸른 미소를 띠고 있다

침대 옆의
작은 탁자 위의 컵에
물이 반쯤 남아 있다

나머지 반은 어디로 갔을까
어제까지 한 송이 장미가 꽂혀 있었다면
장미는, 어디로 사라졌나

당신의 시신이 한때
방치된 채로 공허한 방 창문에
봄의 어둠이 퍼져 있다

나는 당신의 죽음을
새로운 종양처럼 지닌 채
당신의 사후死後를 살리라

지금, 조금만

녹내장

오늘 내 안저眼底에 한 자락 하늘이 있다

한 곳에만

당신의 모습으로 파인 구멍이 있고
당신의 죽음이 안치되어 있다
보이지 않는 한낮의 별에 치장되어 있다

당신의 죽음은 녹내장이 되어
일식처럼
내 시야를 가린다

어두운 밤에는 보이지 않게 되는 눈
나는 잎새들 사이에 몸을 숨기는 새처럼
당신의 시 속에 웅크린다

자려고 눈을 감으면
그래도 구멍 뚫린 하늘이 있고
당신의 죽음이 떠 있다

언제까지나 사라지지 않고

시인의 죄

나뭇잎 사이로 비치는 빛 속을 함께 걸은 적이 있다. 번화하게, 새들이 요란하게 지저귀는 조엽수照葉樹 숲이었다. 암석 조각이 뒹구는 험한 산길을, 약간 몸을 앞으로 숙인 채 걷는 당신의 등에, 작은 빛의 반점이 반짝이고, 교차하는 가지가, 당신의 이마를 때때로 때렸다. 물론, 뒤에서 따라가고 있는 나도, 같은 가지에 부딪힌다.

그러고 나서 몇 년 후였던가, 당신을 찾아갔을 때의 일. 서재의 책상을 사이에 두고 마주 앉았을 때다. 창문 너머로 빛이 비쳐들어, 뜰의 나무 그림자가 우리 얘기를 중단시켰다. 잠깐의 침묵 후에 당신이 문득 말했다. "시인은 죄가 많으니까." 하고.

아마도 나뭇가지의 그림자가 내 이마를 비추고 있었으리라

당신은 그때까지의 화제를 포기하고, 함께 걸은 조엽수 숲에 대한 추억을 얘기하기 시작한 것이었다. 그중에서도 열심히 얘기한 것은, 나뭇가지 채찍에 맞은 것이었다.

그리고, "시인의 죄란 무엇일까?" 하고 당신이 말했다.

"시인의 죄 말입니까?" 하고, 내가 말했다. 그리고 그
대로 가만히 있었다.

당신도 말없이 뜰을 내다보고 있었다. 하지만, 당신
의 시선은 뜰을 넘어, 밝은 하늘 가운데 있었다. 그때의
시선이, 일정하지 않은 곡선을 그리면서, 지금도 나비
처럼 날고 있다.

그 후 '시인의 죄'에 대한 질문도 삶도 내팽개친 채,
당신은 공중에 떠 있다.

그리고, 오늘
아무도, 당신의 죽음을 퇴고推敲할 수가 없다.
물론, 당신도
나도.

저녁놀

책상 너머로 밖을 보고 있을 때
유리창을 향해
작은 새가 날아 들어왔다
창에 비친 하늘을
진짜 하늘로 착각하는 건
흔히 있는 일이다

하지만 진짜 하늘과
창에 비친 하늘,
대체 무엇이
어떻게 다르다는 걸까
어느 쪽이든
처음부터 실재實在하지 않는다

실체가 있는 것은
두 하늘을 갈라놓고 있는
한 장의 유리창뿐
허실虛實 사이의 창이 깨어지고
당신은 처음인 것처럼

창의 존재를 인식한다

하지만
뜰에 떨어진 작은 새는
어디로 사라져 버렸는가
당신은 창 저편의
금이 간 하늘을 바라보고 있다

한 방울의 피가 수조水槽에 퍼지듯이
하늘에 퍼져 가는 저녁놀을 바라보면서
작은 새의 행방을 찾고 있다

당신의 죽음의 행방을 찾듯이

부재不在

당신이 없는 뜰 한구석에
아네모네가 개화했다
어울리지 않는다고는 말할 수 없지만
밝고 대담하게 핀 붉은 꽃
꿀벌이 날개를 떨면서 꿀을 빨고 있다

강한 대낮의 햇빛에 바래어
윤곽을 잃어가고 있는 탁자
당신의 부재에 견딜 수 없어
어느샌가 넘어져 버린 자전거
녹슨 수레바퀴가 저절로 헛돌고 있다

*

꿀벌의 날갯소리와 수레바퀴가 돌아가는 소리
그 파장의 차이에서 소음이 발생하여
일그러진 뜰에서
흐트러진 빛은 충돌을 되풀이하고
꽃잎이 소리도 없이 지고 있다

하지만 이미
당신은 질문을 던지지도 않고
조용한 미소를 돌려주지도 않는다
다만 목이 쉬어 들리지 않았던 마지막 목소리만이
풀잎처럼 흔들리고 있다

내 귀 안쪽에서
오늘도
계속 흔들리고 있다

여백

각각의 높이에서
하늘에 닿고 있는 나무들의 우듬지

나는 느티나무 그림자 속에 있어
모습이 없는 작은 새의 지저귐을 듣고 있다

환청인지도 모르지만
그 진위眞僞를 묻는 것은 무의미하다

죽음, 말할 수 없는 것에는 굳게 입을 다물고
당신이 없는 뜰에 아네모네의 구근球根을 심는다

꽃을 지탱하지 못하는 완두콩 줄기에는
대나무를 베어 부목副木을 대 주자

갈라진 창고의 벽을 보수하고
처마 밑에 어지럽게 흩어져 있는 낙엽을 치우자

그다음, 푸른 여백에

당신의 만년필을 두자

내일은 황금색 펜촉에서
작은 새의 지저귐이 잉크처럼 떨어지리라

틀림없이

영원

수도꼭지에서 물이 떨어지고 있다
물받이 가에 참새가 나란히 앉아
물을 마시고 있다
가늘게 날개를 떨어서
물방울이 하얀 불꽃처럼
흩날리고 있다

몰두해서는 안 된다
풀숲에서, 예리한 살의殺意를
낫처럼 빛을 내는 것이 있다
창고 그늘에
자신의 그림자보다 검은 그림자를 지닌 것이
젖은 혀를 늘어뜨리고 있다

잽싸게 위험을 감지한 참새가
물보라보다 높이 날아올라
잎새들 안으로 사라진 후
물받이에서 넘친 물이
천천히 뜰을 적셔 간다

이윽고, 나뭇잎이 내려오듯
참새가 날아 내려앉는다
물받이 가에 시끌벅적한 지저귐이 돌아오고
아무런 일도 없었던 듯한 시간이
다시금 돌아온다

당신이 없는 뜰에
물소리만이
끊임없이 울려 퍼지고 있다

제3부

어머니의 땅

겨울날

창문 너머로 보이는 먼나무의 붉고 둥근 귀여운 열매
윤기 있게 반사하는 겨울빛
사랑을 경험하고 인식하려면, 빛이
한 마리의 개똥지빠귀로 변신하는 한순간을 포착하여
다시, 언어로 성취하는
오랜 시간을 기다려야 한다

조금 바람이 있는 듯하다
몸을 뒤집으며 가늘게 흔들리는 마른 풀 그늘에서
문득 낫처럼 굽은 목을 쳐드는 것
죽음도 또한, 그와 같이
평온한 일상의 나날 속에 모습을 나타내고
조심스러운 대화를 얼어붙게 하는 것이다

채소밭에서는 연로하신 어머니가
양배추 껍질을 벗기고 있다
몇 겹이나 몇 겹이나 겹쳐진
조물주의 생각을 해독하려는 것은 아니다
한 꺼풀 한 꺼풀 정성스레 벗기고 있는 것이다

생애의 자승자박을

안심하고 스스로를 죽음에 넘겨주기 위해서는
기르지 않으면 안 된다
아침저녁 식탁을 꾸미는 부추, 파, 상추
그리고 시금치, 근대를
태양의 힘을 빌려
기품 있고 아름답게 부활하는 생명이 반짝이기 위해

봄

말끔히 베어 버린 귤 그루터기를
하나하나 쓰다듬으면서 어머니는 가지를 줍고 있다
한아름이 되면 대나무로 묶어 밭 구석에 쌓아 올린다
몹시나 넓어진 하늘을 올려다보고
허리의 수건으로 이마의 땀을 훔치고 있다
봄이 한창이라는데 어머니의 머리카락에 내린 세월
의 서리는
전혀 녹을 기미가 없다

어제 구두점처럼 하늘에 있었던 종달새는
오늘 목소리도 없다
내일도 어머니는 역시 귤밭 안을 순회하리라
50년, 해 아래 묘목을 심고, 예방하고, 전지하고
접목을 하여 기른 귤나무를
결코 경작 면적을 줄이는 불합리한 처사를 하지 않고
고독한 가슴 밑바닥에, 몽땅 이식하였기에
역시 앞으로도 일출과 더불어 일어나고
해가 저물기까지 질리지 않고 이것저것 하리라
'흙'에 깊이 머리 숙여 절을 한 채로 굽어 버린 허리를

두드리면서

반짝 불이 켜지는 램프 같은 열매를 계속 꿈꾸시리라

봄무

뜰 구석에 끌어들인 수도 곁에
어머니가 팔뚝만 한 무를 씻고 있다
저녁 식사 메뉴가 전갱이구이라는 걸 들은 어머니가
함께 먹을 무즙을 내려고 가져온 것이다
진흙을 떨어 내고 수세미로 문질러서 수염뿌리를 뜯고
있다

그저 한 개지만
그 희게 빛나는 것이 저녁놀 깃든 뜰을 밝히고 있다
특별한 이유가 없는데도
조바심내며 보낸 나의 하루
저처럼 씻을 수가 없을까

무를 다 씻은 어머니가
발 앞에 있는 구덩이에 무 잎을 잘라 내고
조용히 일어선다
주변의 공기가 희미하게 흔들리고
저수조에 비쳐 있던 하늘이 흔들린다

무 잎은 아니지만, 내게도 무언가
싹둑 잘라 내 버릴 것이 있지는 않을까
웃자랐기 때문에 오히려 불필요해진 것이
저녁 식사 시간 무즙의 쓴맛에 눈썹을 찡그린 순간
하루가, 세차게 흔들리기 시작한다

배나무

뜰에 배나무 고목이 서 있다
한 해에 대여섯 개의 열매밖에 맺지 않지만
베어 버리는 건 아쉽기에
손질도 하지 않고 방치하고 있는 배나무다
때때로, 연로하신 어머니가
그 아래 웅크리고 풀을 뽑고 있다
　(살아 있는 한에는
　(살려 놓는 게
　(심은 자의 의무
그것이 어머니의 입버릇이었지만
최근에는 어머니의 혼잣말이 미묘하게 바뀌게 되었다
　(살려지고 있는 한에는
　(살아 있는 게
　(배나무의 의무
우연히 듣게 되는 것이지만, 내게는
그 혼잣말이 배나무의 중얼거림으로 들린다
어머니는 배나무를
배나무는 어머니를 격려하면서 살아 있는 것이리라
풀려고 해도 풀 수 없는, 이 세상의

굴레 같은 넝쿨 풀이 휘감겨 있지만
그것이 이윽고 때아닌 바람에 풀리는 날이 찾아오리라
그때, 둘이서
손을 맞잡고 뜰을 나가는 그림자를 전송하고
나는 배나무의 묘목을 사러 가리라

풀 뽑기

설사 누가 보지 않아도, 어머니가
나날이, 게을리하지 않는 밭의 풀 뽑기는
천 그루의 귤나무가 보고 있다
가지를 날아다니는 제주직박구리가, 또한
잎새 뒤에 숨어 있는 하늘소가 보고 있다

이미, 어제의 수확을 돌아보지 않고
내일의 수확을 꿈꾸고 있는 어머니가 하루하루 영위
하는 것은
스스로 생명의 한계를 넘어
머나먼 미래로 이어지고 있다
자신보다 앞질러 미래에 존재하고 있다

밭 한 면의 냉이를 다 뽑은 어머니가
때마침 불어온 바람에 두 손을 벌리고 있다
그 해방된 두 손에
깊숙이 안겨 있는 창공
내게는 창공이 하나의 알로 보인다

봄이 돌아올 때마다 창공에서 부화하는 우레
귀리밭에 숨기는 종달새 둥지
히메샤라나무* 가지마다 회생하는 사자死者의 전언
그들 순환하는 생명의 도도한 흐름에
재빨리 합류하고 있는 듯이 보이는 어머니
그런 어머니의 작고 굽은 어깨에
한 장의 수건이 걸려 있다
평생에 걸쳐 계속 달고
방금 내려진 깃발 같다
완전히 진흙과 땀으로 물들어 있다

* 히메샤라姫沙羅나무: 차나뭇과 노각나무 속의 낙엽 교목. 노각나무와
  비슷하나 노각나무보다 꽃과 잎이 작음.(역자 주)

은총

    귤 수확이 끝난 과수원의

    가장 높은 가지에 밝게 빛나고 있는 한 개의 열매

    어머니가 새를 위해 남겨 두었다고 하는 한 개, 나는

고심한다

    '이렇게 할 수밖에 없다'는 생각을 계속하고 있던 내게

    '있을 수 있는 것'과 '있어야 할 것'을

    함께 보는 걸 가르쳐 준 한 개

    그것은, 이미 나무에 속해 있는 게 아니다

    '사랑'에 속해 있는 거다

어머니의 땅

오래 살아 정든 집에 돌아가고 싶어도
점적點滴 튜브가 달려 있어 갈 수 없는 어머니가 있다
돌아가고 싶은 집 뜰 앞에는
어머니를 기다리며 줄에 매여 있는 개가 있다
만나러 가고 싶어도
한 발짝도 움직이지 못하는 나무들이 기다리고 있다
풀꽃들이 기다리고 있다
초목들 또한 대지에 연결되어 있는 거다

하지만, 돌아가고 싶은 집도 땅도
실은 어머니의 눈꺼풀 안에 있어서
귤나무에 예방 조치를 하는 시기도
비파나 매실을 따는 계절이 온 것도
모두, 손에 잡을 듯이 알고 있다
또한, 개가
목줄이 조인다고 호소하고 있으니
"조금 느슨하게 해줘" 하고 나무란다

바닷가 병원에 입원하여 반년

어머니는 집 처마 밑에
감시 카메라라도 장치해 놓은 것일까
풀이 우거지면 "베어라"고 명령하고
진달래가 피었는지 수국이 피었는지
벚꽃은 졌는지 하고 마음을 졸인다
약간 계절은 맞지 않아도
누워만 있으면서도 어머니는 꽤 바쁘다

움직이지 못하는 어머니와, 움직이지 못하는 산천초목
그 위를, 오늘도 해가 돌고 있다
달은 신실하게 차고 기울기를 되풀이하고
별들은 변함없이 눈을 깜박이면서
어머니가 가꾼 밭에 빛의 씨앗을 계속 뿌리고 있다
물론 죽음의 씨앗도 섞여 있지만
비옥한 어머니의 땅은
그것들까지 풍성하게 가꿔 온 거다

어머니여, 무엇을 한탄하고 슬퍼하리오
계절이 순환하고, 때가 찰 때

죽음도 또한, 당신이
정성 다해 기른 귤나무처럼
그 가지가지에 밝게, 나뭇가지가 휘도록
등불 같은 사랑의 열매가 열리게 하리라
그리고, 당신은
바로 지나간 날들 속에 계속 살고 있다

풀의 영[草靈] 일지──미환未還

낡은 집 뜰 배나무 고목에, 일찍이
포로였던 개가 묶여 있다
눈앞에는, 탁 터진 풍경이
밝게 펼쳐진 풍경만이 있고
천 그루 귤나무의 환상이 가볍게 흔들리고 있다
환상의 잎새들 무리가 술렁이고 있다
이승의 것인가, 저승의 것인가
제주직박구리와 찌르레기가 시끄럽게 울고는
빛 속으로 사라져 간다

          *

넘치는 햇빛에
느긋하게 용해돼 가는 과수원
그 중심에 남은 그루터기 한 개
그 그루터기에, 나는
그저 망연히 앉아 있다

          *

발밑에 무성하게 자란 냉이

밭 가의 돌피
차나무 그늘에 있는 머위의 어린 꽃줄기 따위가
아련한 바람에 흔들리고 있다
빛이 난반사하고 있다
소리라고도 할 수 없는 소리가 들린다

*

풀 위에서 검은 그림자가 어른거렸다
산토끼가 하고 생각했는데
하늘을 지나는 작은 구름 그림자였다
천천히 시야 밖으로 사라져 갔다

*

어디선가 총소리가 났다
하늘에 흘러갔을 한 줄기 피를 생각하고 있었더니
날개를 맞은 개똥지빠귀가 떨어져 내려왔다
나는, 아직 따뜻한 시체를 안고
하염없이 눈을 감고 있었다

*

거대한 백단향 나무는
마치 늙은 지휘자 같다
등을 돌린 검은 그림자가
밝은 하늘에서 떨고 있다
가만히 귀를 기울이고 있으면
이미, 별들의 오케스트라가
영겁의 레퀴엠을 연주하고 있다

*

아침 햇살 속에서 성경을 펴고
좋아하는 구절을 우물거리며 읽는다

—주의 목전에는 천 년이
  지나간 어제 같으며

  밤의 한순간 같을 뿐입니다*

물론, 묻는 이는 아무도 없다

아무도 없지만
내 귀는 듣고 있다
풀 사이에 잠자는
새들이랑 벌레들의 영혼이 듣고 있다

*

넘치는 빛을 받으려고
좌우 손바닥을 내밀고 있으려니
공중에서, 손바닥 움푹한 곳에
민들레 씨앗이 날아 내린다
친한 사자死者의 영혼이 돌아온 것 같다
까닭을 알 수 없는 쓸쓸함이
손가락 사이에서 계속 흘러내린다

*

밭 구석에, 문득 유채꽃이 핀다
단 한 그루만이지만 열두 개의 줄기가
각각 하늘을 향하고 있다
각각이, 각각의 꽃을 달고 있다

모두 함께 바람에 흔들리고 있다
의미도 없이 열두 사도使徒 생각이 뇌리를 스쳐갔지만
당황하여, 유채꽃을 매우 좋아했던
여자를 생각한다
그리고, 꽃이 아니라 꽃잎을
한 개 머리카락에 꽂아 주고 싶다는 생각을 한다

      *

눈이 올 낌새인 하늘에서, 갑자기
종달새가 울었다
진공 방전된 작은 번개처럼
얼얼하게 울었다
있을 수 없다고 생각했지만
귀가 받아들이지 않았기에
귀에 순종하기로 했다
언제나 시詩에 순종하듯이

      *

환상의 과수원을

왔다 갔다 하는 그림자가 있다
내게는, 그것이 누군지 금방 알 수 있다
귤꽃이 활짝 핀 5월에
단 한 번 방문해 준 시인이다

　　육체에서 피어난 꽃
　　꽃가루가 춤추는 길이 하나
　　......**

어쩐 일인지, 내가 좋아하는 시
「강변의 서書」의 한 구절을
되풀이 중얼거리고 있다
　　　*
쌩 쌩
환상의 바람이 불고 있다
쌩 쌩, 쌩 쌩
푸른 하늘에 불고 있다
쌩 쌩, 쌩 쌩
환상의 구름도 흐르고 있다

　　　　*

여러 지방을 돌아다니며 수행하는 성자聖者가 간다

바람의 옷을 두르고
헤진 구름 짚신을 신고
눈물의 골짜기를 지나, 죽음의 그늘을 간다
이미 죽은 별빛에 발을 헛디디면서
창공의 끝을 향해 걸어간다

그도 또한, 언젠가
생사의 경계에 걸쳐 있는
위대한 강을 건너리라
그리고, 죽은 별빛처럼
이 지상에 돌아오리라

　　　　*

푸른 뜰에 흘러넘치는 빛 속에
수정水晶의 사상을 지닐 것으로 생각되는 꽃이 나타

난다
　　스스로 지혜를 과신한 까마귀가
　　어디선가 날아와
　　지금은 이미 무너져 버린 창고 지붕에 앉는다
　　나는 나뭇조각을 주워
　　발 앞에까지 와서 죽은 사마귀를 매장한다
　　그리고 나서, 나를 기억하려고
　　갈퀴덩굴 그늘에 숨어 있던 살모사에게 돌을 던진다

　　　　　*

　　간청하여 얻어온 미모사 씨앗을
　　종이봉투에 넣어 둔 채로, 이미 일 년이나 방치하고
있다
　　씨앗을 파종할 시기를 묻는 걸 잊어 버린 것이다
　　그런 걸 신경 쓰면서
　　나는 환상의 꽃과 대화를 시작한다
　　그때, 나의, 아주 먼 바깥쪽에서
　　미래를 앞질러 아름답게 성취해 가는 죽음이 있다

그날, 나는 돌 한 개를
온종일 바라보고 있었다
그것은, 내 기억보다도 오래된 기억을
내 미래보다도 훨씬 먼 미래를 지니고 있었다
해 질 녘, 그 돌을 수반水盤에 가라앉혔다
슬픔인지 쓸쓸함인지 모를 감정이
한때 작은 파도가 되어 출렁였다

*

북에서 남으로
먼 공중을 흘러가는 강이 있다
그것을 알고 있는 것은
일찍이 물에 사는 동물이었던 새들이다
인간이 탄생하기 수만 년 전부터
그 강을 타고 내려가거나 거슬러 올라가거나 하고 있다
언젠가 다시 몇만 년 후에는
물로 돌아가고 싶다는 바람이
갈고리가 되거나 장대가 되거나 하면서

하늘을 건너가는 것이다

          *

돌 위를
푸르고 작은 그림자가
천천히 지나가고 있었다
나는
그것이 백악기白堊紀의 호박琥珀 속에서
되살아난 개미라고
금방 알아챘다

하지만, 다리를 벌리고 돌을 넘어가는 개는
개미에게 물린 것도 모르고
뜰 가장자리까지 가서
겨우
돌아보는 것이었다
하지만, 그때
개미는, 돌 위에 대변을 누고
다시 호박 속에서

영겁의 잠에 든다

그 무렵이 되어
개는, 약간의 아픔을 느끼고
돌의 냄새를 맡기 시작한다
그리고, 이제
바로 조금 전에 다리를 벌리고 건넌 돌이
전혀 다른 것이 되어
푸르게 빛나고 있는데도
이상하다는 듯이
고개를 갸웃거리고 있다

　　　*

까마귀 무리가 시끄럽게 울어 젖힐 때
한때 늦게 찾아오는 석양보다도
더욱 늦게 걸어오는 사람이 있다
보리밭 속의 휘어진 길을
부지런히 손을 흔들면서 걸어온다
하지만 도무지 내 앞까지 다가오지 않는다

그러다, 빙글 방향을 바꾸어
역시 손을 흔들면서 사라져 간다
그리고, 완전히 모습이 보이지 않게 된다
나는, 어렴풋이, 그것이
나의 죽음이라는 것을 느끼기 시작한다

      *

잠들지 못하는 밤에는 양이 아닌
오히려 친근한 사자死者를 불러낸다
그 이름을 부르면 눈 안쪽에
이내 나타나는 사자들
그 한 사람 한 사람과 짧은 인사를 나누고
다시 작별하는 사이에
이윽고, 내게
깊고 깊은 잠이 찾아온다
그것이 죽음에, 그대로
똑바로 이어져 있는 듯한 잠이다

나는, 이미
영원히 눈 뜨지 않아도 좋다고 생각한다

*

사자의 손목에서
시각을 계속 새겨가는 시계를 풀어
누군가가 손목에 감는다

결국 끝나지 않는 것의 시작
죽음도 또한 미완인 채로 상속되어 간다
미완인 채로 잊혀 간다

*

벌레 소리와 새 소리가 들린다
억만의 잎들이 서로 스치는 소리도 난다
그들 소리의 뒤에는
빛의 튕기는 소리도 있다
더욱이, 그 뒤에
엄청나게 큰 소리가 숨겨져 있다
지그시 눈을 감는다
단 한 쌍의 귀가 된다

그리고, 나는 이윽고
그루터기에 돋은 버섯이 된다
이미 아무것도 들리지 않는다
이미 아무것도 생각하지 않는다

*구약성경 시편 90편 4절.
**이누쓰카 타카시犬塚堯.

제4부

하늘은 아무것도……

사루사라*

강에 걸쳐진 다리처럼
몇 세기를 거쳐 왔다,
고 그는 말했다
양안兩岸에서는, 언제나
전화戰火가 장미 같았다,
고 그는 말을 이었다
그리고 침묵했다

    *

그의 두 눈동자를 오른쪽에서 왼쪽으로
산맥 같은 콧대를 넘어서
수많은 사자死者의 줄이 사라져 갔다
마치 진눈깨비처럼

    *

그는, 이미 광야에 있고
불어 지나가는 건조하고 찬 바람이었다
해 아래 선 소금의 소상塑像이고
잊힌 미래의 표지標識였다

*

그는 죽은 것이 아니었다

*

그는 소생할 것인가
바위와 모래 사이에서 물과 불을 지니고
그는 올 것인가

흙과 암흑 사이에서 빛과 사랑을 자아내어
그는 영접을 받을 것인가
압생트쑥과 가시나무의 환호성에
그는 변화시킬 수 있을 것인가
쓰레기를 보리 씨앗으로, 포탄을 생선으로

*

그가 침묵하고 나서, 이미
셀 수 없는 낮과 밤이 지나고
그 사이에

땅에는 세월의 서리가 재처럼 내려 쌓이고
창공은 빙하처럼 얼어붙어 있었다

    *

어디에선가 방울 소리가 들리고
그가 돌아왔다
이 땅에 돌아와서
다시 살게 되었다
그의 안에 사라진 사자死者들의 뼈를 태우고
불과 연기 속에 사자들을 소생시켰다

조금 늦게
잠자고 있던 태양이 긴 잠에서 눈을 떴다

* 사루사라: 아라비아인이 방울 소리를 표현할 때 사용하는 의성어. 정
식으로는 사루사라티.

파랑새

그가 왔다
하늘 안쪽에 묻힌
하늘의 고층古層에서 온
구름처럼
느닷없이 왔다
하늘보다도 푸른 외투를 입고 있었다
그의 눈에는
별이 뜬 하늘이 펼쳐져 있었다

(나는 그에게 면식이 있었다)

그는 돌아다녔다
재가 눈처럼 쌓인
비애의 대지를
새처럼 돌아다녔다
뼈로 착각한
눈물의 화석을 쪼면서
재투성이가 되어 갔다

(나는 그를 좇았다)

그는 뛰어갔다
왜모시풀과 가시풀이 무성한
숲속 깊은 곳으로 달려갔다
이끼 낀 쓰러진 나무를 뛰어넘어
파랑새가 되어
나무들의 틈새로 엿보이는
하늘에 뒤섞여 갔다

        *

나는, 매일
하늘을 쳐다보며
그의 이름을 불렀다

하지만, 하늘은
나날이 푸름을 더해 갈 뿐
그가 나타나는 일은
이제, 두 번 다시 없었다

내 인후咽喉는 터지고
부르는 소리는 피투성이가 되어
공허하게 공중으로 사라지고
하늘에 가득 차 간다

그는, 왜
단 한 번 온 것일까
별이 조개껍데기처럼 흩어지는
하늘의 광야를 스쳐간 혜성처럼

수수께끼를 풀지 못한 채
생애가 끝나려 하고 있는, 오늘
잊혀진 전쟁터에서
늙은 한 사람의 병사가 귀환했다

파랑새의 유해를 안고

그날도……

그날도 하늘은 빛나고 있었다
한없이 푸르게
높고, 가없이, 맑게 개어 있었다
바다가 갈라져서 나타난 길을
모세의 일단이 이집트를 탈출할 때도

골고다 언덕에서

예수가 죽음에 허덕이고 있었을 때도
해는 하늘에서 빛나고 있었다

아우슈비츠, 소말리아
수단, 캄보디아, 르완다
히로시마廣島, 나가사키長崎, 체르노빌
그리고, 후쿠시마福島

해 아래를 해는 지나가고
해는 지치지 않고 지나가고
사람은 계속 죽이고 또 계속 죽임을 당하고

여전히, 오늘도 하늘을 우러르고
계속 우러른다

슬픔은 다시 깊어지고
해는 빛을 더욱 더해 간다
하늘은 그로 인해 어제보다도 깊고, 또한
푸르고, 높고, 끝없이 활짝 갠다
죽은 자의 탄식으로 가득 차서
한없이 빛난다

하늘은 다시 인간의 내면에서
하늘보다 광대한 비애의 영토다

압생트쑥이 무성하다
들찔레의 가시가 빛나고 있다
괭이밥꽃이 피어 있다
무화과가 익어 가고 있다
해 아래, 하늘 아래에서 빛나고 있다
그들 들꽃 옆에서

인간은, 스스로의 그림자가
날로 짙어 가고 있는 것을 견디고 있다

우리가 돌아갈 곳은 있는가
우리가 앉을 의자는 있는가
우리가 안식할 땅은 있는가
있다면 그것은 어디에 있는가

바다가 갈라지고 산이 무너진다
강이 넘친다
숲이 넘어지고 논밭이 황폐해진다
해는 점점 더 빛나고
하늘은 점점 더 넓어져 간다
푸르러지고, 높아지고, 활짝 개어 간다
하지만, 새나 짐승이 인간에게서 멀어지고
곤충이나 물고기가 멀어지고
달조차 지구에서 멀어져 간다

오늘 인간만이 남겨져서

어찌할 바를 모르고 있다
어찌할 바를 몰라 여전히 중얼거리고 있다
(인간이란, 인간의 미래이다)*라고
그렇구나, 인간은
인간으로부터 탈피하여
인간 이외의 것이 될 수는 없다
결국

오늘 나는
활짝 갠 하늘 아래에서 서성인다
한 개의 말뚝이다
위태로운 뼈대의 육신을 성채城砦로 하여

*프랑스 시인 프랜시스 퐁주의 말.

해변에서

좁은 해변의 눅눅한 모래밭에 앉아
넓은 바다와 하늘을 바라본다

바다를 침범하고 하늘을 계속 침범하며
가만히 있지 못하는 수평선
앞바다로 나가는 소형 어선

저쪽을 끌어당기고 이쪽을 도로 끌어들이며
이쪽을 끌어당기고 저쪽을 도로 끌어들이며
아직 경계를 짓지 못하는 바다와 육지

하늘, 기슭이 없고
하늘, 끝이 없고
하늘, 한이 없다

날개를 펼친 채 하늘을 선회하고 있는 솔개
두 손을 펼쳐도 날 수 없는 나
파도치는 물가에 서 있는 꽃발게

솔개가 있어서 내가 있고
꽃발게가 있는 곳 그곳이
각각 세계의 중심인가
밝게 펼쳐지는 저편
낙원*은 정말 있는가
지옥은 판자 한 장 아래 정말 있는가

                *

문득 죽은 자가 돌아온다, 내게로
하지만 어디서 오는가
어디서 돌아오는 건가, 내게로
머리 위에 빛나고 있는 하늘
무리 짓는 구름 속에 속삭이고 있는 조상의 영혼들
빛의 사다리를 내려오는 사랑스러운 사람들

눈앞에서 물거품을 일으키고 있는 바다
넘실대는 파도 사이에서 시끌벅적한 갓난아기들
바다 경계**를 넘어오는 미래의 어린아이들

생사의 경계에 있는 것은
죽은 자만이 아니다
인간만도 아니다

새도 있고 짐승도 있다
벌레도 있고 물고기도 있다
풀도 있고 숲도 있다

하지만, 이쪽의 목소리는 닿지 않는다
저쪽의 목소리도 닿지 않는다
다만 들리는 건 파도소리뿐

하지만, 그 파도소리에 섞이는 목소리
갯바람에 섞이는 목소리
밝게 빛나는 빛에 섞이는 목소리

비명이고 탄식이며
기도이고
수런거림에 지나지 않는 소리

장 콕토***처럼
그리워하고만 있을 수는 없다

* 도코요常世: 머나먼 곳에 있다고 생각하였던 오키나와沖繩 현을 비롯한 아마미俺美 군도群島 등지에 전해 오는 타계他界 개념. 불사불로不死不老의 이상향 또는 황천黃泉이나 저승의 의미.
** 우미사카海坂: 옛날 배가 수평선 저편에 보이지 않게 되는 것은 바다에 경사가 있어서 타계他界에 이른다는 생각을 한 데서 비롯되어, 신화에 나오는 해신海神의 나라와 인간의 나라와의 경계를 이름.(역자 주)
*** 프랑스의 시인.

대지大地

오늘 나는
네게서 두 개의 복숭아를 수확한다
'사랑'과 '죽음'이라 이름 짓는다

나는 그것을
젖가슴처럼 손바닥으로 감싸
볼에 대고 비빈다

풍성한 과즙을 감추고
망가지기 쉬운
네 마음을 상상한다

　　*

네가 돌보고
네가 기르며
너로 가득 차 있는 과일

나는
네게 이빨을 세운다

번갈아 씹는다

나는
너를 먹는다
다 먹어 치운다

    *

내 손가락은 젖고
먹어 치울 수 없는 것이 남는다
그것을 네 속에 묻는다

두 개를 나란히

초원에

몸을 숨기고 있다
숨을 죽이고 있다
눈을 크게 뜨고 있다
귀를 기울이고 있다

이러고 있으면
풀의 수런거림
흥분
그리고, 피의 끓어오름을
잘 알 수 있다
멀리서부터 살며시 다가와서
엿보고
유혹하는 바람의 입김
빛의 손짓 호출
새들의 속삭임도
잘 알 수 있다

둘러쳐진
뿌리를 따라

흘러들어 오는
물소리, 죽은 자들의 목소리
이것들 역시
잘 알 수 있다

나는
초원에 사는
한 마리의
녹색 애벌레
내일
우화羽化해요

피에타Pietà

오늘, 쓸쓸함은 쓰라리고
밝고, 푸르게
빛나는 소금 같다

네 안에 있는 숲의 거처
너를 생각하며 눈을 감고 있지만
끝내, 네가 보이지 않는다

젖은 모래 같은 눈 안쪽에
너를 불러내려 해도
끝내, 너는 나타나지 않는다

  *

나를 둘러싸는 나무들
우물거리는 꿩과 비둘기의 울음소리
나가 버린 후 돌아오지 않는 고양이
탁류에 삼키어 버린 산기슭의 마을
한없이 늘어 가는 죽은 자의 숫자

*

오늘, 슬픔은 깊고
끝없이, 높으며
넓은 하늘 같다

마른 바람에 부쳐 보내고 싶은
한 개의 푸른 과일
하지만, 네 있는 곳을 모른다

네 발밑의 작은 산골짜기에서
너를 쳐다보며 눈을 크게 뜨고 있지만
네 시초가 보이지 않는다

작은 소원

그때 뱀이 뱀을 벗고
새로운 생을 구불구불 뒤틀며
풀숲으로 사라져 갔다

내 앞에는
바람에 날리는
뱀의 허물이 있었다

나는 허물을 주워
하늘로 치켜 올려
때마침 불어온 바람에 날려 보냈다

허물은 바람을 타고
잠깐, 반짝반짝 빛나면서
빛 속으로 사라져 갔다

*

빛 속으로
뱀처럼, 나는

나를 벗고 싶다는 생각을 한다

나를 벗고
영원한 저편으로
사라져 가고 싶다는 생각을 한다

영겁의 둘레에 가라앉아
한 개의 피리가 되는 꿈을 꾸면서, 조용히
똬리를 틀고 있고 싶다는 생각을 한다

수요일

온종일, 하이얀 다섯 이파리의 꽃이 지고 있었다. 창에 비친 내 뒤에는 야윈 소 같은 산이 솟아 있고, 정원석 사이에 레몬이 나뒹굴어 있었다.

창고 벽의 우편함은 텅 비어 있었다. 쓸쓸한 저녁놀이 찾아왔다. 하늘에서 까마귀 소리가 났다. ―너희는 티끌이니 티끌로 돌아갈 것임을 잊지 말라―.

나는 종려나무 잎을 태워, 과수원에 재를 뿌렸다. 마침내 부활할 마른 나무가 동쪽을 향해 걸어가고 있었다.

―나는 엷어져 가는 빛 속에서, 까마귀가 통보한 기도문을 복창復唱했다.

이삭Issac

수확이 끝난 포도원에 숫양을 몰고 이삭이 왔다. 노래를 부르면서 왔다. 이삭의 노랫소리를 들은 마른 나무가 부러진 돛대 같은 가지에 녹색 새 잎을 틔웠다. 그것은, 마치 하느님이 이삭의 숫양을 위해, 서둘러 준비하신 것 같았다.

*

숫양이 어린 잎사귀를 먹기 시작했다. 이삭은 하늘을 우러러 감사했다. 그리고 나서 그의 대속물이 된 숫양을 위해 기도를 올렸다. 이삭은 하느님으로부터 시험을 받은 아버지 아브라함의 신앙에 의해 번제의 제물이 되려던 순간에 구원을 받았기 때문이다

오늘의 하늘

오늘, 하늘 아래서
삐걱삐걱하고 바다가 삐걱거리고 있다
삐걱삐걱하고 산이 삐걱거리고 있나

삐걱삐걱하고 물고기가 울고 있다
삐걱삐걱하고 새가 울고 있다
오늘, 하늘마저 삐걱거리고 있다

　　　*

오늘 나는 성경을 펼치고
「욥기」를 되풀이 읽으며
재난을 한탄하지 않는 사람들을 생각하고 있다

바다와 대지는, 그들
으스러뜨려진 사람들에게, 어느 날엔가
다시금 행복을 가져다줄 것인가

　　　*

오늘의 하늘은
어제의 하늘보다도 높고

또한, 넓어져 있다

오늘의 하늘은
어제의 하늘보다 빛나고 있는데도
한없이, 어둡다

　　　*

오늘, 무참히 부서진 대지의 한 모퉁이에서
나무와 모든 것들이 뿌리째 뽑혀 버린 죽은 자들을
하다못해 하늘로 이주시킬 수는 없는가
그 등에 날개를 달아 주어
지상의 추억을 안고
하다못해, 한순간
새가 되어 하늘에 살게 할 수는 없는가
언젠가 대지가
그 죽음을 깊고 깊게 애도하는 날까지

배 舟

그 배는, 이미
모든 항구로부터, 아니
바다 그 자체로부터도 거부당하고 있다

그 배는, 이미
푸르게 넘실대는 조수潮水에 잊혀지고
활 모양의 수평선으로부터 버림받고 있다

그리고, 지금은 이미, 그 사람의
쓸쓸한 기억의 바다에 뜬 채로
돛대를 경직시키고 있다

그 배는, 이미
배를 일탈한 배
명사名辭 따위로는 부를 수 없는 배

어쩌면, 그 사람의
새가 되고 싶다는 사념思念과 닮은 모습
또는 매어 둘 수 없는 과분한 욕망

하지만, 그래도
죽은 별빛을 실은 채
순풍을 기다리고 있다

바다에서 태어나, 다시금
바다를 넘은 바다를 지향하는 한 척의 배
죽은 자들의 영혼을 하늘로 나른다

거룩한 환상의 기록[聖幻記]

그때, 새의 날개에서
모래를 쓸어 내리는 것 같은
희미한 소리가 나서
닫혔던 귀가
저절로 열린다

그리고
약간의 빛이
납 같은 어둠에 비쳐들어
눈꺼풀 안쪽에
온통 광야가 펼쳐져 온다

파도치는 동쪽 지평선에
힘없이 고개를 떨군 그림자가 나타난다
소리가, 점차 가까워져 온다
조금 때가 묻은 흰옷을 입고 있다
긴 소매를 끌고 있다

(아아, 옷깃이 스치는 소리였던가……)
눈물로 얼룩져, 풀어진 용모

일그러진 입술에서
괴로운 숨결이 새 나오고 있다
항쇄項鎖가 채워져 있다
두 손이 절단되어 있다

오른쪽 날개에 보이는 비애를 짊어지고 있다
어깨가 죄어들고 있다
하지만, 어떤 비애인가
옷깃 스치는 소리를 울리면서
흰 사람이 눈앞을 지나간다

(아무리 보아도 죄인으로는 보이지 않는데….)

모래를 쓸어 낸 옷자락으로는 지울 수 없었던
발가락이 없는 발자국
그, 둥글게 팬 곳이
모래 위에 점점이 이어지고 있다
빛이 고여 있다

하늘은 아무것도……

하늘은 아무것도 기억하지 않는다
시시각각 변하는 해 아래의 일도
생겨나서 사라져 가는 구름의 일도
그리고 새가 그린 둥근 호弧나 직선도

하늘은 아무것도 알려고 하지 않는다
작은 골짜기에서 밥 짓는 연기와 더불어
매일같이, 위로 올라오는 사람들의 기도도
그리고 눈물의 의미도 비애의 의미도

하늘은 아무것도 말하려고 하지 않는다
아무것도 보려고 하지 않는다
들으려고 하지 않는다
만지려고 하지 않는다

하늘은 아무것도 투영하지 않는다
아무것도 투영하지 않는 대신
아무것도 원하지 않는다
아무것도 하지 않는다

*

하늘에는 아무것도 없다
다만, 우리들의 머리 위에 있을 뿐
하지만, 다만 있을 뿐이라는 간단한 것이
우리들 인간에게는 불가능하다

*

오늘, 우리는
아무것도 아닌 하늘 아래에서 마주 본다
서로 눈동자 속에
서로의 모습을 확인하며 남과 북으로 헤어진다
다시 만날 날까지
서로의 온기를 끌어안고 견딘다
견디며 소중히 길러내기 위해
오늘을 산다

제5부
신新 시편詩篇

3월의 뜰

무료했던 하루의 끝에
'복사꽃이 피었다'고 일기에 거짓말을 썼다
그러자, 다음 날 아침
뜰 안 복숭아나무에 꽃이 피어 있었다

현실이 거짓의 진술을 따르는 것도 있다
당신은 복숭아나무 아래 서서 복사꽃을 쳐다보았다

그리고, 그날도 무료했다
하루의 끝 무렵에
'복사꽃이 졌다'고 일기에 거짓말을 썼다
하지만, 다음 날 아침
뜰 안의 복숭아나무 꽃은 만개한 상태였다

현실이 거짓의 진술을 배반하는 일도 있다
당신은 복숭아나무 아래 서서 복사꽃을 쳐다보았다

그날도, 역시 무료했다
하루의 끝에

'복사꽃 가지 하나를 빈 병에 꽂았다'고 일기에 거짓
말을 썼다
　다시 아침이 왔다
　뜰 안의 복숭아나무가 사라지고 없었다

　아름다운 거짓말조차 현실에 의해 벌을 받게 되는 것
이다
　오늘, 당신만이 공허한 뜰 가운데 서 있다

봄의 트릴*

봄 뜰에는 유리 조각이 어지럽게 흩어져 있어서
각각의 모양으로 분할된 하늘도 어지럽게 흩어져 있다
뜰을 둘러싼 초목은 거꾸로 선 채로 흔들리고 있다

그때, 새가 한 마리
발열發熱한 구름 속에서 낙하하는 것을
수천 조각으로 깨진 하늘이 받으려 하자
새는 혼란을 일으켜, 다시 날아올라
행방을 감춰 버리고 말았다

　　　*

새를 노리고 있던 사냥개가
혀를 빼물고 뜰을 서성거리며
이따금 멈춰 서서 자신을 들여다본다
하지만 깨어져 흩어진 유리는
전체의 모습을 비치지 못하기에 그의 의식의 범위 역
시 산산조각이다
　멀리서 개 짖는 소리만이 뜰을 흔들고 있다

*

우울은 한없이 분열하여 증식하고
나는 산호랑나비를 꽉 쥐어 찌부러뜨렸다
밤이 되면 인분鱗粉투성이가 된 손가락이 굽은 채로
신비스런 빛을 발하고 있다

*어떤 음과 그보다 2도 높은 음을 번갈아 빨리 반복해서 연주하는 장식음.

무비無比

'무비'를 주워 왔다
투명한 정사각형이어서 벽에 걸어 두었다
'무비'는 벽에 익숙해져서
어느 샌가 창이 되어 있었다

아침에 나는 창을 통해 들어오는 빛으로 눈을 뜬다
낮에 나는 창 너머로 하늘을 본다
밤에 나는 창에 비치는 나와 마주한다

언제나, 언제든지 그랬다

하지만 세월이 '무비'를 흐리게 하고
빛과 비바람이 상처를 내었다
눈빛과 한숨이 '무비'를 더럽혔다
빛은 둔해지고 '무비'는 잿빛이 되어 갔다

나는 '무비'를 벽에서 떼 내어
물로 씻어서 플란넬 조각으로 닦았다
투명한 정사각형으로 돌아온 '무비'를

주운 장소에 돌려주러 갔다

나는 집으로 돌아와 샤워를 했다
'무비'의 곁에서 산 세월은, 그러나
'무비'처럼 투명하게 되지는 않았다

나는, 나를
어디에 돌려주면 좋을까
하늘에 별이 빛나기 시작하면
'무비'는 풀잎에 맺힌 이슬이 되어 사라져 간다

추억

풀잎에 마른 잎 부스러기 같은 나비가 앉아 있다
날개가 여닫힐 때마다
연한 푸른 빛이 도는 색소mauve가 굴러 떨어진다

무질서하게 자란 풀숲에서
일제히
제비꽃이 개화한다

인분鱗粉 같은 빛이 명멸하고 있는 어두운 서재書齋에
서
푸른 냄새가 나는 수액樹液이 섞인 콧물을 훌쩍이며
소년이 열중하여 『빌리티스의 노래』*를 읽고 있다

허구虛構의 옛 시가 이미
거대한 누에가 되어
미래를 갉아먹기 시작한 것도 모른 채

*프랑스의 여성시인 피엘 루이스의 시집.

아침 구름

저편 하늘은 비구름을 흩어 놓아
거대한 홀스타인Holstein 같다

금방 풀을 베어 낸 밭에서
참새 무리가 모이를 쪼고 있다

베다 남긴 감자 잎사귀의 팬 곳에
우윳빛 빛이 고여 있다

  *

새벽에 나는
죽음이 물풀처럼 들러붙는
회색의 꿈에 빠져 있었다

꿈속에서는
밤눈이 어두운 양도 있어서
어스름 속에서 계속 울고 있었다
깎인 털이
구름처럼 쌓여 있었다

봄날의 우수憂愁

산비둘기가 울어서 아침이 온다
대체, 누가
낡은 레코드에 바늘을 얹어 놓았을까
매일 들리는 고전 음악

모든 걸 알고 있는 건 아니다
시작되기 전에 끝난 목숨
끝난 뒤가 아니면 시작되지 않는 목숨
어쩔 수 없는 쓸쓸함과 애달픔

두 개가 나란히
익어 가는 것을 기다리고 있는 소귀나무 열매의 어여쁨
음악은 끝나도
레코드는 계속 돌아가고 있다

두려운 봄날의 황혼녘

일요일

검은 나비가 뜰을 가득 메우고 있다. 흰 파라솔을 쓰고 언덕길을 올라온 여자가 물을 끌어오는 홈통에서 물을 마시고 있다. 이미 고인이 된 산장의 주인이 벽면 밖으로 튀어나온 창에 기대어 담배를 피우고 있다. 비탈진 산골짜기 사이의 차 밭에서는 두견새가 울고 있다.

화석 속에 잠들어 있는 뿔고둥.
커다란 송충이와 닮은 밤나무 꽃.
구석기 같은 산의 어두운 그림자에 덮인 산자락 마을.
빛의 비늘을 지닌 강.

파라솔을 접은 여자의 이마에서 사라지지 않는 그늘. 수조水槽에서 흔들리고 있는 물. 하늘 안쪽에 퇴적된 옛 시간. 조용함을 견디다 못해 부서진 의자. 여자가 조그맣게 기침을 하고 가장 연한 박하 담배에 불을 붙인다.

푸른 잉크 방울 같은 하루.

나무[木]라는 것
— 쉼보르스카를 따라

나는 서 있다, 태어난 그 자리에.

뿌리를 내리고, 뿌리를 뻗고, 가지와 잎새들을 늘리며 하늘을 향해 서 있다.

항상 나무로 있다는 건, 말하자면, 그렇다는 것.

인간도, 개도, 고양이도 아니다. 뱀도 개구리도 아니고, 새도 아니다.

당연하다면 당연한 것.

나는, 이, 당연한 것을 살고 있다.

이럭저럭, 3백 년이나 살아 있다.

당신의 눈에는, 그저 서 있을 뿐으로 보일지 모르지만

3백 년, 그저 서 있는 것도 쉬운 일은 아니다.

시작이 있었으면, 반드시 끝이 올 테지만,

끝이, 언제 올는지, 나도 모른다.

내일일지도 모르고 백 년 후일지도 모른다.

하지만, 나는 알 수 없다. 모른 채 살아간다.

내 주위에서는 여러 차례 전쟁이 있었고,

기근이 있고, 불이 났고, 홍수가 있었다.

말하자면, 숱한 사람들의 죽음을 지켜보며, 여전히, 나는 서 있다.

살아가고 있다.

앞으로도, 얼마만큼의 죽음을 지켜봐야 할지.

그것도, 모른다.

모르지만, 꽤나 끝나지 않는 것과 함께 살고 있다.

그렇다고 해서, 나만이 특별한 나무라고는 생각지 않는다.

나와 닮은 나무는 한 그루 두 그루가 아니다.

오래 살고 있기 때문이라 하여, 짊어지고 있는 하늘의 무게가

갓 태어난 나무가 짊어지고 있는 하늘의 무게와 다를 까닭은 없다.

동일하게, 해와 비바람에 바래가고 있다.

머리 위에 달과 별을 장식할 때도 있고, 비구름을 올려놓을 때도 있다.

가지가지마다 새들을 쉬게 하고, 나무 밑에 사람들을 쉬게 할 수도 있다.

*

나는 선 채로 잠을 자고, 선 채로 눈을 뜬다.

나의 잠도 눈뜸도 땅속으로 뻗친 뿌리가 받쳐 주고 있다.

그처럼, 가지에 쉬는 새의 잠과 눈뜸도 받쳐 주고 있다.

하지만, 뿌리가 받쳐 주고 있는 것은, 그뿐만이 아니다.

내가 쓰러져 죽는다 해도, 역시 뿌리는 계속 받쳐 준다.

나의 죽음을, 그리고 대지를

그곳에 서서, 머리를 숙이고 있는 문상객들의 탄식을.

그리고, 이윽고 찾아올 완전한 망각조차도.

산비둘기

아침 풀숲은 이슬에 젖어 있었다
나지막한 오열嗚咽과 함께
까닭없는 슬픔과 진흙으로 갠 어둠을 토해 내면서

너는 흰 지방脂肪이 낀 눈을 깜박이고 있었다
점차 밝아 오는 숲의 쓸쓸한 나뭇가지에 머물러
너는 고개를 숙이고, 그리고 울고 있었다

　　　구구*
　　　　　구구
　　　　구구
　　　　　구구

한껏 부풀린 가슴에서 짜내는
끊일 듯 끊일 듯 이어지는 울음소리
빛나야 마땅할 아침 햇살은, 너의
우물거리는 목소리에 감염되어, 다시금
나의 기침起寢을 불쾌한 회색으로 장식한다

갓 자아낸 빛으로 고기 비늘을 본떠 직조織造한 날개
부채처럼 펼치고, 그리고 접히는 꼬리날개의 흰빛
조용히 숲을 드나들면서
하늘 높이 날아오르지도 않는다
너는 네 자신의 무게와 우울에 묶여
하루 종일, 어두운 목소리로 울어 제치고 있다

구구
　구구
　　　구구.
　　구구

나는 너를 잡아 번갯불보다 더 날카로운 작은 칼을 가
지고
가느다란 목을 찌른다
거꾸로 매달아 밤보다도 검은 피를 빼낸다
날개를 쥐어뜯고, 살을 갈라서
너를 다스리는 구근球根 같은 심장을 꺼낸다

그리고, 너의 모든 것을 불에 굽는다

하지만, 이 불의 축제 한가운데서도
너의 죽음을 멀찍이 둘러싸고
네 동료들이 울어 젖히고 있다

　구구 구구
　　구구 구구
　구구 구구
　　구구 구구
　　……

침울한 울음소리는 비구름처럼 숲을 덮고
작은 골짜기에 어둡게 고여 가라앉아 간다

나는 밤의 식탁에서 너의 죽음을 먹으며
꿈인지 생시인지 알 수 없는 울음소리를 듣고 있다
유리 세공 같은 붉은 눈동자의 응시凝視를 받고 있다

*일반적인 비둘기 울음소리의 의성어로 표기하였으나, 산비둘기 울음소리는 매우 구슬프고 비통하게 들린다. '구구 구구 구구 구구'에 리듬과 억양을 붙여 읽으면 조금 느낌이 살아날 듯하여 행을 구분하였음.(역자 주)

종달새, 까지

아침 햇살을 받고 있는 속새풀 군락은, 황금색으로 빛나는 바다 같았다. 한 걸음 발을 내디디면, 살짝 젖은 풀씨가 신발 주둥이와 바짓자락을 물보라처럼 장식했다.

나는 바다 위를 걷는 것처럼, 완만하게 파도치는 풀숲을 걸었다. 여기저기 산재하는 그루터기들이 빛의 파도에 씻기고 있다. 앞서 가는 개가, 빛을 발로 차 흩으며 달려간다. 앞쪽의 숲이 검은 섬 그림자 같다.

나는 숲 입구에서, 나를 벗고 숲으로 들어간다. 들러붙는 넝쿨 풀들을 헤치고, 가지들의 채찍을 맞으며. 그곳에는 오래된 늪이 있고, 둘레에 커다란 느티나무가 솟아 있다. 나는 느티나무에 가볍게 인사를 하고, 그 앞에 누워 있는, 이끼가 낀 채 쓰러져 있는 나무에 걸터앉는다.

나는 작은 물고기처럼 날아다니는, 나무 잎새 사이로 스미는 햇살 속에서, 나뭇잎의 수런거림을 들으며 느티나무와 마주한다. 풀과 나무들, 그리고 꽃들처럼. 가지와 가지에서 나래를 쉬고 있는 작은 새처럼. 돌처럼. 흙속에 있는 벌레처럼. 번식기에 있는 심승처럼. 또는 느티나무를 비추는 물처럼.

　　어디선가 물소리가 들린다.
　　숨막힐 듯한 초록들의 냄새가 소용돌이치고 있다.
　　이곳에 거짓은 없다.
　　삶과 죽음이 혼연일체다.
　　하지만 지금은, 아직
　　이곳에 머물러 있을 수는 없다.

　나는 대지 깊이 뿌리를 내리고, 하늘을 떠받치고 있는 느티나무에게 작별 인사를 한다. 그러고 나서 낯선 길을 더듬어 숲을 나오자, 벌써 해는 중천에 있고, 눈앞에 펼쳐지는 밭 일대一帶에 밀이 익어가고 있었다. 밭두렁의 쑥들이 하얀 잎 뒷면을 드러내며 흔들리고 있었다.

하늘을 우러르자,
문득, 종달새가 울었다.

하늘 아래에서
—— 한국어역 시집 『피에타Pietà』에 부쳐

혼다 히사시本多壽

내 머리 위에 하나의 하늘이 있다. 작지만, 언제나 존재한다. 그, 빛과 그늘을 지닌 하늘을 태양과 구름, 성좌가 돈다. 새가 건너간다. 잠자리가 날아다닌다.

나는 하루에 몇 번이나 하늘을 쳐다본다. 그 높이와 넓이와 깊이와 마주한다. 비애나 우수를 가슴에 숨기고 있을 때도, 절망으로 깨지고 부서져 있을 때도 하늘을 쳐다본다. 조그만 기쁨이나 분노를 품고 있을 때도, 역시 하늘을 쳐다본다.

만일 하늘이 없었다면, 아마도 나는 고뇌에 차서 지상에서의 일상을 살아갈 수가 없으리라. 왜냐하면, 하늘은 내게 자유로이 꿈꾸는 것을 허락하고, 끝없는 상상력을 촉발해 주기 때문이다.

하지만, 우리 인간에게 하늘이란 무엇일까? 샘에서 물을 길어올리듯이, 하늘에서 퍼 올릴 수 있는 것은 아무것도 없고, 아무리 하늘을 향해 기도해도, 지상에 사는 인간에게는 아무것도 주어지지 않는다. 그래도 인간은 하늘을 우러러 기도한다. 왜 그렇게 하는가?

인간의 탄생에 앞서서, 태초부터 변함없이 존재해 온 공허한 공간을, 왜 인간은 필요로 하는가?

　아마도 하늘은 인간이 언어를 획득하는 것과 동시에 잃어버렸던 근원적인 침묵에의 향수를 불러일으키는 공간이며, 지상에서의 삶을 영위하는 인간에게 필요 불가결한 여백이다. 이 어쩔 수 없는, 터무니없는 여백이 있어, 인간은 고생으로 가득 찬 삶을 영위할 수가 있는 것이다.

　심리학자 시모야마 토쿠지霜山德爾는 그의 저서 『인간의 한계』에서, 하늘을 궁창으로 보고 "모든 이미지가 소진되지 않는 원천이다. 그것은 밀도 없는 공간으로서, 육체화의 법칙에서 일탈한 모든 존재의 고향이자 신들과 부처들, 정령이나 죽은 자들의 영혼 등, 모든 중력으로부터 해방된 것들의 조국일 것이다."라고 쓰고 있다.

*

　하늘 아래에서 태어나, 하늘 아래에서 성장하고 하늘 아래에서 배우고, 하늘 아래에서 일하고, 하늘 아래에서 결혼하고, 하늘 아래에서 아이들을 키우고, 하늘 아래에서 늙어 간다. 그리고 하늘 아래에서 일생을 마친다.

　부유한 자도 가난한 자도, 살인자도 피살자도, 속이는 자도 속은 자도, 빼앗는 자도 빼앗긴 자도, 모두 하늘 아래에서 살고 하늘 아래에서 죽어간다.

　다시 말하면, 인간이 하늘 아래에서 산다는 것은, 죽음의 그늘에서 산다는 것이다. 즉 하늘과 죽음은 말할 수 없는 것으로서 아날로지적 관계에 있다. 그 외에, 말할 수 없는 것에 사랑과 신을 더한다 해도, 하늘과 아날로지적 관계에 있는 것을 알 수 있다.

하늘 아래에서 사는 인간이 하늘을 묻는 것은, 바로 사랑을 묻고, 신을 물으며, 죽음을 묻는 것과 동의어이다. 이 말할 수 없는 것을 말하려고 하는 것이 인간이기도 하다. 고대 그리스의 철학자는 "thaumazein, 즉 경이는 철학의 시작이다."라고 했다고 한다.

이것을 생각하면, 하늘을 묻는 것, 사랑을 묻는 것, 신을 묻는 것, 죽음을 묻는 것이, 말할 수 없는 것과 마주하는 첫걸음이리라.

묻는 일. 계속 묻는 일. 지속해서 묻는 일 가운데서 경이를 발견하는 것이 철학의 시작이라면, 시도 경이로부터 시작된다. 그러나 경이 그 자체가 시는 아니다. 시는 말할 수 없는 것, 즉 죽음이나 사랑에 속해 있다. 시는 그 말할 수 없는 것을 말하는 것이라는 모순을 내포하고 있다.

비트겐슈타인은 "철학은 말할 수 없는 것을 명확하게 기술함으로써, 말할 수 없는 것을 암시하는 데 이른다."고 말하며, "인간은 말할 수 없는 것에 대해서는, 침묵해야 한다."고 말하고 있다.

나는 오래전부터 시는 언어로 설명할 수 없지만, 지시한다면 이해할 수 있는 것이라고 말해 왔으나, 비트겐슈타인의 말을 만나, 시와 철학은 일란성 쌍둥이라고 생각하였다. 하지만, 일란성 쌍둥이라고 해도, 철학은 시가 아니다. 그러나 "말할 수 없는 것을 명확하게 기술함으로써, 말할 수 없는 것을 암시하는 데 이른다."는 부분까지는 철학과 동일하다. 그러나 시는 지시나 암시하는 것이 아름다워야 한다. 아름답지 않으면 인간의 비애는 위로받을 수 없다. 시는 희망을 얻을 수가 없다.

그러면 인간의 비애를 위로하고, 인간에게 희망을 주는 시란 무엇인가? 그것은 하늘이나 하늘에 걸린 무지개처럼 실용 가치나 효용 가치가 없는 것, 즉 배를 채울 수는 없지만, 아름다움으로 인간에게 위로를 가져다주는 것이다.

구약성경의 신명기 8장 3절에, '사람이 떡으로만 사는 것이 아니요'라는 구절이 있는데, 이것은 '인간이 사는 데는 떡도 필요하지만 떡 이외의 것도 필요하다'라는 말이리라. 이 '떡 이외의 것'이 내게는 시이다. 쓰고 싶은 시이다.

내가 쓰는 시가 설사 졸품이라도 사랑이나 죽음에 속하여, 목마름을 치유하는 한 방울의 물이기를 소원하며 쓰고 또 쓸 뿐이다.

천·지·인을 아우르는 깊은 눈빛─위로의 시학
── 혼다 히사시本多壽의 시 세계

권택명(시인)

1

혼다 히사시 시인의 두 번째 한국어역 시집인 『피에타─Pietà』는, 제목 자체가 시집의 총체적 내용을 함축하며, 작자의 시 세계와 시적 지향점을 포괄적으로 말해 주고 있다. 먼저 표제작인 「피에타─Pietà」를 본다.

오늘, 쓸쓸함은 쓰라리고/ 밝고, 푸르게/ 빛나는 소금 같다// 네 안에 있는 숲의 거처/ 너를 생각하며 눈을 감고 있지만/ 끝내, 네가 보이지 않는다// 젖은 모래 같은 눈 안쪽에/ 너를 불러 내려 해도/ 끝내, 너는 나타나지 않는다// 나를 둘러싸는 나무들/ 우물거리는 꿩과 비둘기의 울음 소리/ 나가 버린 후 돌아오지 않는 고양이/ 탁류에 삼키어 버린 산기슭의 마을/ 한 없이 늘어가는 죽은 자의 숫자// 오늘, 슬픔은 깊고/ 끝없이, 높으며/ 넓은 하늘 같다// 마른 바람에 부쳐 보내고 싶은/ 한 개의 푸른 과일/ 하지만, 네 있는 곳을 모른다/ 네 발 밑의 작은 산골짜기에

서/ 너를 쳐다보며 눈을 크게 뜨고 있지만/ 네 시초가 보이지 않는다

―「피에타―Pietà」 전문

　시인의 아홉 번째 개인 시집인 『풀의 영[草靈]』에 수록되어 있는 작품이다. '나를 둘러싸는 나무들'로 시작되는 5연을 중심으로, 1~3연과 6~8연이 대칭을 이루고 있다. '쓸쓸함은 쓰라리고', '슬픔은 깊다'고 각 대구對句의 첫 머리부터 '쓸쓸함'과 '슬픔'을 직설적으로 거론하고, '보이지 않는다', '나타나지 않는다', '돌아오지 않는', '삼키어 버린', '모른다', '보이지 않는다'는 부정적인 서술어들이 작품 전체의 분위기를 주도하며, 고통과 슬픔(비애)의 정도를 중층적으로 심화시키고 있다.

　이와 같은 고통과 슬픔의 밑바닥에는 인간의 근원적 제약인 죽음이 있고, 그 죽음으로부터 파생되는, 피할 수 없는 고독(쓸쓸함)이 배경으로 깔려 있다. 40여 년에 걸친 혼다 히사시 시인의 세계 인식과 시업詩業을 관류하는 중요한 한 축으로서의 죽음과 상실, 그리고 이보다 앞서는 본원적 부재와 비재非在* 또는 무無와 연관되어 있는 원형적 심상心象들을 잘 보여 주고 있는 것이다.

　죽음 또는 이와 연관되는 상실이나 이별, 소멸은 인간의 태생적인 한계이고, 이에 대한 인식은 모든 예술과 철학의 근원을 이루는 것이다. 다만 혼다 히사시 시인의 경우, 스무

살 무렵 원인불명의 질병으로 하반신 불수가 되어, 오랫동안 죽음의 문턱에 가까이 한 그의 체험과 연관된 구체적인 자각에 기인하고 있다. 따라서 그의 작품에 드러나는 죽음의 이미지는 관념이 아닌 경험적 실체라고 할 수 있으며, 그의 쓸쓸함이나 슬픔은 보다 내재적이고 근원적인 통찰에 연유하고 있음을 알 수 있다.

구체적으로 이 시에서 시인이 비애를 느끼는 이유는 5연의, '자신을 둘러싸는 나무들'이나, '우물거리는 꿩과 비둘기의 울음소리', '나가 버린 후 돌아오지 않는 고양이', '탁류에 삼키어 버린 산기슭의 마을', '한없이 늘어 가는 죽은 자의 숫자'들에 연유하는 것이다. 나무나 비둘기, 고양이, 마을, 죽은 자와 같은 대상은, 이번 시집을 포함한 혼다 시인의 여러 작품에서 나타나는 시적 오브제인데, 특히 죽은 자死者의 이미지는 그의 시에서 매우 중요한 테마이다. 이 대상물들이 시인의 비애를 자아내고 있는 것은, '둘러싸는', '나가 버린 후 돌아오지 않는', '탁류에 삼키어 버린', '한없이 늘어 가는'이 환기하고 있는, 제약적이거나 부재적 상황이다.

또한 시인의 비애는 무엇보다 되풀이 언급되고 있는 '너'의 부재이며 상실에 연유되는 것이다. 이 시에서도 그렇지만 그의 시에 자주 등장하는 2인칭 대명사 너는 구체적인 대상을 지칭하지 않을 때가 많다. 부재나 비재가 구체적이고 실재하는 타자他者: 네인 경우도 있지만, 화자話者: 시인 자신를 포함한 모든 존재를 상대로 하고 있기 때문이다. 경우에 따라서는 시인 자신 또는 자신의 원초적인 자아일 수도 있다.

이는 바로 인간의 근원적 삶의 인식과 연결되는 것이며, 혼다 시가 지닌 철학적 사유와 미학의 한 근저를 이루는 것이기도 하다.

총 53편이 수록된 이번 시집의 절반 가량인 25편의 작품에서 죽음 또는 죽음과 연계된 시어들이 등장할 정도로, 죽음과 상실, 소멸이 혼다 시의 중요한 본원적 심상의 한 축이기는 하지만, 그것이 비애나 어둡고 절망적인 것으로만 나타나지 않는 점에, 이 시인이 지닌 존재와 세계 인식의 건강성이 있다. 혼다 히사시 시인이 죽음과 상실을 표현하는 것은, 궁극적으로는 그를 통해 그 대척對蹠 또는 이웃해 있는 삶과 생명을 역으로 드러내기 위한 것이다. '빛이 고여 있다'는 말로 끝을 맺고 있는 「거룩한 환상의 기록聖幻記」을 비롯하여, 여러 작품들 속에 군데군데 보석처럼 박혀 있는 '빛'이라는 언어와 그에 연관되는 이미지들이 균형을 잡아주고 있는 데서도 알 수 있다.

이 시에서만 보면 쓸쓸함을 '밝고, 푸르게/ 빛나는 소금'이라고 비유한 것이나, '마른 바람에 부쳐 보내고 싶은/ 한 개의 푸른 과일' 같은 표현이 그렇고, 특히 이 시집의 제3부 「어머니의 땅」에 실린 작품들이 대체로 그러하다. 생명외경과 생사합일의 경지를 보여 주는 「배나무」를 비롯하여, 생명 순환의 모습을 표현한「풀 뽑기」와「어머니의 땅」같은 작품들에서 분명하게 드러나고 있다. 죽음과 비애의 상황에서도 시인은 결코 공감자共感者 또는 위로자로서 감당해야 할 소명을 잊지 않고, 생명을 상기시키는 모습이 나타나 있는 것이다.

> 모래 범벅이 되어/ 하늘을 보고 누운 채 숨진 소년병 위에/ 희미하게 초연硝煙이 흐른다// 지뢰가 묻힌 대지를 뒤로/ 보이지 않는 대낮의 은하를 마주하는 죽음을/ 하늘이 조문한다,/ 바람이 조문한다// 오늘, 시체 위를/ 또다시 전차가 지나가고/ 그 뒤에 여전히 시체가 남는다// 그리고 소년병의 동생이/ 형이 남긴 총을 들고/ 전장으로 나간다/ 살육의 무한 연쇄/ 인간이라는 흉기/ 신의 이름을 빌린 정의// 그래도/ 인간이 신을 필요로 하듯이/ 신도 또한 인간을 필요로 하고 있을까* *마르틴 부버,『고독과 사랑—나와 너』에서
>
> —『무명無明』부분

「피에타—Pietà」에 나타나는 죽음과 연관된 비애가 개인적이고 내포적 차원으로 수렴되는 것이라고 한다면, 위에 인용한 시「무명」에서는 시인의 죽음에 대한 시각과 공간이 사회성을 띤 외연적인 영역으로 확장되어 있다. 이 작품 외에도 '제1부 하느님의 우울'에 수록되어 있는「신기루」,「증언」,「눈물바다」,「기념비」등의 작품군이 이에 속한다.

이제는 과거의 사건이 되어 버린 아프간 전쟁에서부터,

현재도 지구촌 여러 곳에서 끊임없이 일어나고 있는 충돌의 현장에 이르기까지, '하늘(신)에게 추궁하고(따지고) 싶은' 불가해한 죽음들이 시인의 신음 속에서 재현되고 있다. 존엄한 생명에 대한 살육을 고발하는 문명 비평적 시각을 보여 주고 있는 것이다.

특히 희생자들이 소년 또는 소년병(「증언」에서는 '갓난아기')이라는 사실을 반복함으로써, 아픔과 충격의 진폭을 넓히고 있기도 하다. 이와 같은 비극을 되풀이하고 있는 인간의 욕망과 한계를 자인하게 하는, "정말로 만들고 싶었던 것을 만들 수 없었던 하느님이/ '에이 이런!' 하고 자포자기하여/ 이렇게 맨 끝에 만든 생물이/ 아직도 전쟁만 하고 있다"(「하느님의 우울」)는 표현에 이르면, 시인의 야유적 언사가 오히려 통렬한 고발로 다가온다.

이와 같은 시인이 지닌 고뇌의 눈빛은, 예수 그리스도의 십자가 죽음을 비롯하여, 아우슈비츠, 소말리아, 수단, 캄보디아, 르완다, 히로시마, 나가사키, 체르노빌, 후쿠시마 등, 멀고 가까운 재앙과 어처구니없는 죽음의 현장으로 이어지며(「그날도……」), 자연스럽게 이 시집의 제목인 『피에타— Pietà』에 주목하도록 독자들을 이끌어 간다.

널리 알려진 바와 같이, 〈피에타〉는 이태리어로 "자비를 베푸소서"라는 뜻으로, 성모 마리아가 십자가에서 죽은 예수 그리스도를 안고 있는 모습을 표현한 그림이나 조각상을 말하며, 미켈란젤로가 로마에 머물던 시절인 25세 때 제작한 것이 가장 유명한 것으로 알려져 있다.(『두산백과』, 네이버 지식백과) 〈피에타〉는 또한 슬픔, 비탄을 뜻하기도 하는데, 서양미술 사학자 정은진은 〈피에타〉와 관련하여, '조용한, 그러나 깊은 슬픔'을 나타내고 있으며 '비극적 탄식을 초월한 아름다움'이라는 말로 소개하고 있다.(『명화 속 성서 이야기』, 네이버캐스트)

혼다 히사시 시인은, 『피에타—Pietà』라고 이름 붙인 이 시집을 통해 타자의 아픔과 비극을 외면하지 못하는 시인으로서의 결 고운 양심을 드러낸다. 시인 자신 '조용한, 그러나 깊은 비애'를 품고, 불가해하게 죽어간 소년과 소년병을 비롯한 모든 죽은 자와 그리고 인간과 동식물을 포함한 모든 죽을 수밖에 없는 생명체에게 진혼곡(레퀴엠)을 바치고 있다. 동시에 따뜻하고 명징하며 견고한 이미지의 작품들을 통해, 모든 살아 있는(결국은 죽어갈 수밖에 없는) 존재들을 위해 신의 자비를 간구하는 모습을 보이고 있는 것이다.

2

이번 시집은, 시인의 첫 한국어역 시집과 비교할 때, 위에서 언급한 것처럼 본질적으로 계승되고 있는 것이 있음에도 불구하고, 전반적으로는 여러 면에서 대비되고 있다. 첫 시집이 '불'의 이미지였다면 이번 시집은 '물'의 이미지가 강하다. 계절 감각을 표현한 다수 작품들이 변함없이 주지적

152

서정의 맥을 잇고 있기는 하지만, 대체적으로 첫 시집이 작품 제목에서부터 「말[馬]·진혼제」, 「불의 관[柩]」 등 역동적이고 장대하며 신화적인 세계가 두드러졌다면, 이번 시집은 '산비둘기', '파랑새' 등의 작은 동물들과, '물소리' 등 물의 이미지가 두드러져 보인다.

시의 길이도 대체로 짧아지고, 시어들도 눈에 뜨이던 사변적인 관념어 대신 구체적인 사물을 더욱 견고한 이미지로 표현하는 작품들이 대부분이다. 일차적으로는 끊임없이 시의 그릇에 담아야 할 내용과 정치精緻한 시적 방법론에 대해 부단한 모색과 변화를 추구해 온 시인의 시작 태도와 관계가 있을 것이다. 거기다 자연적인 연조와도 연계되어, 전반적으로 어조가 차분하고 관조적이며, 세상과 자아와 사물을 바라보는 시각이 한층 넓고 깊어졌음을 느끼게 한다. 깊은 우물에 가득 고인 청량한 샘물 같은 느낌을 주고 있다. 가령 다음과 같은 작품을 보기로 한다.

각각의 높이에서/ 하늘에 닿고 있는 나무들의 우듬지// 나는 느티나무 그림자 속에 있어/ 모습이 없는 작은 새의 지저귐을 듣고 있다// 환청인지도 모르지만/ 그 진위眞僞를 묻는 것은 무의미하다// 죽음, 말할 수 없는 것에는 굳게 입을 다물고/ 당신이 없는 뜰에 아네모네의 구근球根을 심는다// 꽃을 지탱하지 못하는 완두콩 줄기에는/ 대나무를 베어 부목副木을 대주자// 갈라진 창고의 벽을 보수하고/ 처마 밑에 어지럽게 흩어져 있는 낙엽을 치우자// 그 다음, 푸른 여백에/ 당신의 만년필을 두자// 내일은 황금색 펜촉에서/ 작은 새의 지저귐이 잉크처럼 떨어지리라// 틀림없이   ―「여백餘白」전문

혼다 히사시 시의 본령이라고도 할 수 있는, 지적으로 통제된 서정이 견고한 이미지와 언어 미학 속에 녹아 있다. 하늘, 나무, 우듬지, 작은 새, 아네모네, 구근, 꽃, 완두콩, 줄기, 대나무, 부목, 창고, 벽, 처마 밑, 낙엽, 만년필, 펜촉, 잉크 등의 사물 언어들이, 지저귐, 환청, 진위, 여백, 보수, 내일, 황금색 등의 명사들과 어울려 군더더기 없는 산뜻한 명품처럼 제시되고 있다. 추상적인 '여백'이 구체적·즉물적인 언어들과 어울려 깊이와 감동을 증폭시키고 있는 것이다. '말馬'을 타고 숨가쁘게 질주해 가던 시인의 사물과 세계 인식에, '여백'이 평화처럼 고여 있는 것이 보인다.

이 작품은 '제2부 레퀴엠'에 실린「부재不在」,「영원」과 동일한 선상에 있는 것이며, 제3부에서 제5부에까지 이어지는 새로운 서정의 계열이다. 앞에서 언급한 대로 부재 또는 비재가 혼다 히사시 시의 핵이라고 한다면, 일견 어렵지 않게 읽히는 이 서정 역시 그 배경에 그림자와 같은 그늘을 복선으로 깔고 있는 것이어서, 어천정심語淺情深의 탁월한 기법으로 무장된 견고한 시적 성취이기도 한 것이다.

위의 시「여백」에서도 충분히 감지되는 것이지만, 이번 시집에서 두드러지는 또 하나의 특징은, 밤하늘에 숱한 별들

을 끝없이 광활하게 펼쳐 놓은 것처럼, 삼라만상의 광막하고 웅혼한 우주를 천天, 지地, 인人의 영역에 다양하게 수렴하고 있다는 점이다.

이는 아마도 혼다 시인이 사계의 변화를 몸으로 느낄 수 있는 시골에서 태어나서 자랐고, 지금도 귤 과수원을 가꾸며 계속 그런 환경에서 살고 있다는 사실과도 무관하지 않을 것이다.

모든 시인과 인간에게 자연은 위대한 스승이고 감동의 원천을 제공하는 존재이다. 더욱이 혼다 시인의 경우에는 과거의 추억이나 머릿속의 관념으로 존재하는 자연이 아니라, 현재도 매일 살아 숨 쉬는 공간이며, 이미 시인 자신의 삶의 일부가 된 존재라는 점에서 특별히 주목할 만하다. 이를테면 정직하고 무공해한 시의 영역이다.

이런 상황을 잘 감지할 수 있는 시 한 편을 보기로 한다.

낡은 집 뜰 배나무 고목에, 일찍이/ 포로였던 개가 묶여 있다/ 눈 앞에는, 탁 터진 풍경이/ 밝게 펼쳐진 풍경만이 있고/ 천 그루 귤 나무의 환상이 가볍게 흔들리고 있다/ 환상의 잎새들 무리가 술렁이고 있다/ 이승의 것인가, 저승의 것인가/ 제주직박구리와 찌르레기가 시끄럽게 울고는/ 빛 속으로 사라져 간다// (중략) 아침 햇살 속에서 성경을 펴고/ 좋아하는 구절을 우물거리며 읽는다// ─주의 목전에는 천 년이/ 지나간 어제 같으며/ 밤의 한 순간 같을 뿐임이니이다// (중략) // 까마귀 무리가 시끄럽게 울

어 젖힐 때/ 한때 늦게 찾아오는 석양보다도/ 더욱 늦게 걸어오
는 사람이 있다/ 보리밭 속의 휘어진 길을/ 부지런히 손을 흔들
면서 걸어온다/ 하지만 도무지 내 앞까지 다가오지 않는다/ 그
러다, 빙글 방향을 바꾸어/ 역시 손을 흔들면서 사라져 간다/ 그
리고, 완전히 모습이 보이지 않게 된다/ 나는, 어렴풋이, 그것이/
나의 죽음이라는 것을 느끼기 시작한다// (하략)

—「풀의 영[草靈] 일지—미환[未還]」부분

역시 시인의 아홉 번째 개인 시집인『풀의 영[草靈]』에 수
록되어 있는 작품으로 198행의 장시이다. *표로 연의 구분
을 해 놓았지만 한 연이 하나의 독립된 작품이 될 정도로 완
성도를 보이고 있다. 위 시에서도 많이 등장하고 있지만, 이
번 시집에는 이십여 종의 꽃과 화초류, 십여 종의 나무, 새,
채소와 과일, 동물들을 포함하여, 곤충과 바다 생물에 이르
기까지 모두 80여 종의 생물들이 등장한다. 이들은 시 속에
서 때로는 그저 그곳에 있는 한 존재로서 언급이 되고 있을
뿐이지만, 작품 전체 또는 시집 자체로 보면 각각 대체할 수
없는 소중한 생명으로서, 우주의 대합창 같은 화음을 이루
고 있는 것들이다. 말하자면 이들은 어머니, 소년, 소년병
등과 더불어 하늘(천)과 땅(지) 사이에 존재하는 생명체, 즉
'인人'의 영역에 소속되어 있는 존재들로서, 혼다 시인의 시
를 아름답게 형상화하고 채색하며, 때로 심오한 의미를 부
여하는 객관적 상관물들이다.

'지地'의 영역은 시인이 직접 대지나 땅이라고 표현하고 있는 다수의 작품들을 비롯하여, 과수원, 숲, 들판, 초원, 사막, 광야, 지평선, 바다, 하늘 등과 같은 넓은 공간적 개념에서부터, 주로 뜰이나 정원으로 표현된 사적(개인적·가족적) 영역의 비교적 좁은 공간 개념까지, 다양한 형태로 나타나고 있다. 지[땅]는 천[하늘]과 대칭되는 개념이지만, 아래 작품에서 보는 것과 같이, 생명이 태어나고 자라고 소멸하는 공간이며, 무엇보다 인간의 지상 생애에서 가장 중요한 '사랑'의 영역이기도 하다. '제3부 어머니의 땅'에 수록되어 있는 다수의 작품들에서 모든 생명을 잉태하고 낳고 양육하는 어머니 같은 대지의 존재가 바로 사랑의 표상으로 제시되어 있는 것이다.

   오늘 나는/ 네게서 두 개의 복숭아를 수확한다/ '사랑'과 '죽음'이라 이름 짓는다// 나는 그것을/ 젖가슴처럼 손바닥으로 감싸/ 볼에 대고 비빈다// 풍성한 과즙을 감추고/ 망가지기 쉬운/ 네 마음을 상상한다

                                        —「대지大地」부분

   앞에서 죽음을 혼다 시인의 세계 인식과 시업詩業을 관류貫流하는 중요한 한 축으로 언급하였지만, 여기서는 또 다른 한 축이 '사랑'임을 드러내고 있다. 특히 생사와 인생의 희로애락을 누구보다 예민하게 감지하는 시인에게, 삶과 죽음

157

의 문제를 제외하고 인간의 생애에서 가장 중요한 테마로
사랑이 등장하는 것은 매우 자연스런 일이다.

〈피에타〉는 기본적으로 사랑을 그 바탕으로 하고 있다.
신의 대속적代贖的 사랑을 나타내는 그리스도의 죽음과, 인
류를 구원하기 위해 거룩한 희생을 한 아들의 시신을 안고
있는 어머니 마리아의 사랑이 고통과 비탄으로 동시에 표현
되어 있기 때문이다.

혼다 히사시 시인의 시는 근본적으로 땅(대지)과 사람(인간)
에 대한 사랑의 포에지가 변주되고 있는 것이며, 그의 사랑
의 대상인 땅과 사람이라는 개념 안에는, 풀과 꽃을 비롯한
나무, 새, 곤충, 짐승 등의 모든 살아 있는 것들은 물론이고,
하늘과 해, 달, 별, 비, 바람, 눈, 구름 등의 모든 자연 현상이
포괄되어 있으며, 궁극적으로는 죽음까지도 포함되어 있음
을 알 수 있다.

3

마지막으로 이번 시집을 관통하는 가장 큰 주제는 '하늘
(천)'이다. 하늘은 천·지·인의 첫 번째로, 이 시집의 시작이
며 끝이라고도 할 수 있을 만큼 핵심적 개념이다. 53편의 수
록 작품 중 30여 편에서 하늘 또는 이와 관련된 언어가 등장
한다. 무엇보다 시인 자신이 이번 시집의 서문 격인 '시인의
말' 제목을 '하늘 아래에서'로 붙여 놓고 있다. 그의 생각을

잘 읽을 수 있는 몇 부분을 인용해 보기로 한다.

> (전략) 아마도 하늘은 인간이 언어를 획득하는 것과 동시에 잃
> 어버렸던 근원적인 침묵에의 향수를 불러일으키는 공간이며,
> 지상에서의 삶을 영위하는 인간에게 필요 불가결한 여백이다.
> 이 어쩔 수 없는, 터무니 없는 여백이 있기 때문에, 인간은 고생
> 으로 가득 찬 삶을 영위할 수가 있는 것이다. (중략) 다시 말하면,
> 인간이 하늘 아래에서 산다는 것은, 죽음의 그늘에서 산다는 것
> 이다. (중략) 그러면 인간의 비애를 위로하고, 인간에게 희망을
> 주는 시란 무엇인가? 그것은 하늘이나 하늘에 걸린 무지개처럼
> 실용 가치나 효용 가치가 없는 것, 즉 배를 채울 수는 없지만, 아
> 름다움에 의해 인간에게 위로를 가져다 주는 것이다. (중략) 내가
> 쓰는 시가 설사 졸품이라도 사랑이나 죽음에 속하여, 목마름을
> 치유하는 한 방울의 물이기를 소원하며 쓰고 또 쓸 뿐이다.

한 마디로 하늘은 고뇌에 찬 지상에서의 일상을 살아갈
수 있게 하는 공간이고, 꿈꾸는 영역이며, 지상에서 삶을 영
위하는 인간에게 필요 불가결한 여백이라는 것이다. 곧 유
한한 인간에게 무한하게 열려 있는 숨구멍 같은 공간이다.
이 여백이 없으면 인간은 고생으로 가득 찬 삶을 영위할 수
없다고 한다.

아울러 시는 말할 수 없는 죽음이나 사랑에 속해 있으며,
인간의 비애를 위로하고 희망을 주는 시는, 하늘이나 하늘

에 걸린 무지개처럼 실용 가치나 효용 가치가 없는 것, 즉 배를 채울 수는 없지만 아름다움에 의해 인간에게 위로를 가져다주는 것으로 말하고 있다.

하늘이 주제로 된 작품 중 한 편을 보기로 한다.

하늘은 아무것도 말하려고 하지 않는다/ 아무것도 보려고 하지 않는다/ 들으려고 하지 않는다/ 만지려고 하지 않는다// 하늘은 아무것도 투영하지 않는다/ 아무것도 투영하지 않는 대신/ 아무것도 원하지 않는다/ 아무것도 하지 않는다// 하늘에는 아무것도 없다/ 다만, 우리들의 머리 위에 있을 뿐/ 하지만, 다만 있을 뿐이라는 간단한 것이/ 우리들 인간에게는 불가능하다
　　　　　　　　　　　　　　─「하늘은 아무것도……」부분

제4부에 수록된「그날도……」등의 작품과 더불어 하늘의 이미지를 직설적으로 표현한 시편이다. 하늘이 그저 하늘인 것만으로 위로가 된다는 점을 말하고 있다.

하늘이 '아무것도 말하려고 하지 않고 아무것도 없는' 무위 無爲의 공간으로 역설적으로 표현되어 있지만, 그러기에 하늘은 곧 치유healing의 하늘이고 자비를 간구하는 〈피에타〉의 대상이 되는 것이라고 말한다. 거기에 그저 있어 주는 것, 하늘이 그러하듯, 시인도 고통하고 힘들어하는 사람들 곁에 위로와 소망의 언어로 함께 있어 주는 위로자임을 말하고 있다. 또한 때로는 그들을 대신하여 신에게 추궁하기도(따지기

도) 하고, 인간 존재의 위기를 계속 호소하는 존재이기도 한 사실을 나타내고 있는 것이다.

지난 해 혼다 시인과 함께 원로 시인 김남조 선생의 자택을 방문했을 때, 거실에 놓인 조각가 노준 작가의 〈피에타〉를 보고 감동과 충격을 받은 적이 있다. 성모 마리아와 예수 그리스도 대신, 검은 개가 노란 고양이를 무릎에 눕혀 안고 있는 작은 목각. 현세에서 원수지간 같은 개와 고양이가 〈피에타〉로 하나가 되어 있는 모습은, 어떤 상황에서도 사랑과 자비가 해답임을 증언하는 것으로 느껴졌다. 당시 이미 이 시집 『피에타─Pietà』를 번역하고 있던 터라 한일 관계 또한 이렇게 될 수 있었으면 하는 바람으로 둘이서 한참이나 그 목각을 바라본 적이 있었다.

혼다 히사시 시인은 1995년 8월 한일 전후 세대 100인 시선집 『푸른 그리움』(한성례 역, 도서출판 세림, 1995)에 참여하면서 한국과의 인연이 시작되었다. 이 시집은 자신이 한국과 만난 지 20년이 되는 올해, 한국 시와 시인들과의 만남을 통해 자신의 시 세계가 한층 넓고 깊어졌음을 새겨 두기 원하는 그의 희망에 의해 기획이 되었다.

제1부에 수록된 「무궁화 환상」과 「가야금 환상」, 「비 오는 양수리」 등의 작품은 이와 같은 그의 마음을 한국에 전하는 우정의 헌시이기도 하다. 2013년 《시인세계》의 혼다 히사시 시 특집과 2003년 첫 한국어역 시집이 고 김종철 시인의 문학수첩사에서 간행된 인연 등을 생각하여, 김종해 선생의

문학세계사에서 출간하게 되었다.

금년이 광복 70주년, 한일 국교 정상화 50주년이 되는 해이지만, 한일 간에 놓여 있는 현해탄의 파고는 그 어느 때보다 높다. 이런저런 사유로 양국 간의 현대시 교류 역시 여타 문화 분야에 비하면 매우 빈약한 상태에 있는 점을 고려할 때, 혼다 히사시 시인의 두 번째 한국어역 시집 발간이 지니는 의의는 크다. '일류日流'로 불릴 만큼 한국 서점가를 자시하고 있는 일본 소설류들과 달리, 일본의 현대 시인으로 두 권째의 한국어역 시집이 출간된 것은 국민 시인격인 다니카와 슌타로谷川俊太郎 시인 외에는 없는 것 같기 때문이다.

비슷한 것끼리 비교할 때 더욱더 미묘한 차이점이 드러날 수 있다. 한일 양국어는 여러 면에서 유사하기에, 문화의 핵심이 언어이고, 언어 예술의 최고봉이 시라는 관점에서, 양국 현대시를 서로 많이 읽고 교류할 때, 각각 자국 시만의 독특한 특징을 더 잘 파악할 수 있으며, 상호간의 시적 성취도를 자극하는 데도 기여하게 될 것이다. 언제나 미흡할 수밖에 없는 '번역'이라는 수단을 통해서라도 양국의 시가 상대방 국가에서 더 많이 읽혀야 하는 이유이다. 좋은 시는 국가와 시대를 초월하여 우리의 정신과 삶을 고양시키기 때문이다.

철학과 종교를 아우르는 광활하고 유현한 사유의 세계 속에서, 천·지·인을 아우르는 깊은 눈빛으로, 고통과 고뇌의 한계를 안고 살아가야 하는 인간과 삼라만상에게, 희망의 메신저로 존재하며, 지속적으로 소망의 메시지를 발신하는 혼다 히사시 시인의 시 세계가 더욱 깊고 넓어지기를 기대하며, 그의 시가 한일 양국의 시문학 발전에도 크게 기여하기를 기대한다.

*일본 시인 미에노 후미아키는, 혼다 히사시 시인의 작품론에서, "시란 현존sein하지 않는 것에 대한 동경이다"라는 시인 하기와라 사쿠타로萩原朔太郎의 말을 들어, "현실에서는 볼 수도 소유할 수도 없는, 꿈꿀 수밖에 없는 것을 언어로써 볼 수 있게 하고, 소유할 수 있게 하는 것, 그것이야말로 시다"라는 시인의 말을 인용하면서, 혼다 히사시 시의 핵核을 '비재非在'라고 언급하고 있다. (『혼다 히사시 시집』 해설, 2002년, 토요미술출판판매)